外国文学名著丛书

〔古希腊〕埃斯库罗斯/著

埃斯库罗斯悲剧二种

罗念生/译

"外国文学名著丛书"编委会

人民文学出版社

Αίσχύλος
ΠΡΟΜΗΘΕΥΣ ΔΕΣΜΩΤΗΣ
ΆΓΑΜΕΜΝΩΝ

图书在版编目（CIP）数据

埃斯库罗斯悲剧二种／（古希腊）埃斯库罗斯著；罗念生译．—北京：人民文学出版社，2021（2022.11 重印）
（外国文学名著丛书）
ISBN 978-7-02-015876-8

Ⅰ．①埃… Ⅱ．①埃…②罗… Ⅲ．①悲剧—剧本—作品集—古希腊 Ⅳ．①I545.32

中国版本图书馆 CIP 数据核字（2019）第 268882 号

责任编辑　张欣宜
装帧设计　刘　静
责任印制　王重艺

出版发行　人民文学出版社
社　　址　北京市朝内大街 166 号
邮政编码　100705

印　　刷　河北新华第一印刷有限责任公司
经　　销　全国新华书店等

字　　数　93 千字
开　　本　850 毫米×1168 毫米　1/32
印　　张　5.125　插页 3
印　　数　6001—9000
版　　次　1961 年 11 月北京第 1 版
印　　次　2022 年 11 月第 3 次印刷
书　　号　978-7-02-015876-8
定　　价　39.00 元

如有印装质量问题，请与本社图书销售中心调换。电话：010-65233595

埃斯库罗斯

出版说明

人民文学出版社自一九五一年成立起,就承担起向中国读者介绍优秀外国文学作品的重任。一九五八年,中宣部指示中国科学院文学研究所筹组编委会,组织朱光潜、冯至、戈宝权、叶水夫等三十余位外国文学权威专家,编选三套丛书——"马克思主义文艺理论丛书""外国古典文艺理论丛书""外国古典文学名著丛书"。

人民文学出版社与中国科学院文学研究所,根据"一流的原著、一流的译本、一流的译者"的原则进行翻译和出版工作。一九六四年,中国社会科学院外国文学研究所成立,是中国外国文学的最高研究机构。一九七八年,"外国古典文学名著丛书"更名为"外国文学名著丛书",至二〇〇〇年完成。这是新中国第一套系统介绍外国文学作品的大型丛书,是外国文学名著翻译的奠基性工程,其作品之多、质量之精、跨度之大,至今仍是中国外国文学出版史上之最,体现了中国外国文学研究界、翻译界和出版界的最高水平。

历经半个多世纪,"外国文学名著丛书"在中国读者中依然以系统性、权威性与普及性著称,但由于时代久远,许多图书在市场上已难见踪影,甚至成为收藏对象,稀缺品种更是一书难求。在中国读者阅读力持续增强的二十一世纪,在世界文明交流互鉴空前频繁的新时代,为满足人民日益增长的美

1

好生活的需要,人民文学出版社决定再度与中国社会科学院外国文学研究所合作,以"网罗经典,格高意远,本色传承"为出发点,优中选优,推陈出新,出版新版"外国文学名著丛书"。

值此新版"外国文学名著丛书"面世之际,人民文学出版社与中国社会科学院外国文学研究所谨向为本丛书做出卓越贡献的翻译家们和热爱外国文学名著的广大读者致以崇高敬意!

"外国文学名著丛书"编委会
二〇一九年三月

编委会名单

（以姓氏笔画为序）

1958—1966

卞之琳　戈宝权　叶水夫　包文棣　冯　至　田德望
朱光潜　孙家晋　孙绳武　陈占元　杨季康　杨周翰
杨宪益　李健吾　罗大冈　金克木　郑效洵　季羡林
闻家驷　钱学熙　钱锺书　楼适夷　蒯斯曛　蔡　仪

1978—2001

卞之琳　巴　金　戈宝权　叶水夫　包文棣　卢永福
冯　至　田德望　叶麟鎏　朱光潜　朱　虹　孙家晋
孙绳武　陈占元　张　羽　陈冰夷　杨季康　杨周翰
杨宪益　李健吾　陈　燊　罗大冈　金克木　郑效洵
季羡林　姚　见　骆兆添　闻家驷　赵家璧　秦顺新
钱锺书　绿　原　蒋　路　董衡巽　楼适夷　蒯斯曛
蔡　仪

2019—

王焕生　刘文飞　任吉生　刘　建　许金龙　李永平
陈众议　肖丽媛　吴岳添　陆建德　赵白生　高　兴
秦顺新　聂震宁　臧永清

目　次

译本序 …………………………………………… *1*

被缚的普罗米修斯 ……………………………… *1*

阿伽门农 ………………………………………… *53*

译本序

埃斯库罗斯是古希腊三大悲剧诗人之一,他的作品反映了雅典奴隶主民主制度形成时期的思想。他捍卫民主制度,反对僭主制度,鼓吹爱国主义思想,反对不义的战争。他给悲剧以深刻的思想,雄伟的人物形象,完备的形式,崇高的风格——这就是诗人对于希腊戏剧发展的贡献。

一

埃斯库罗斯于公元前五二五年生于阿提卡西部的厄琉西斯。他父亲欧福里翁是厄琉西斯的贵族,拥有田产和葡萄园。埃斯库罗斯曾亲身参加马拉松之役、阿尔忒弥西翁之役、萨拉弥斯(萨拉米)之役和普拉泰亚(布拉的)之役,抗击波斯侵略军。

他于公元前五世纪初年第一次参加戏剧比赛,但是失败了;直到公元前四八四年他才获得胜利。公元前四六八年,他在戏剧比赛中被年轻的索福克勒斯打败(但晚年所演出的剧本,仍得到许多奖赏),他当时很生气,认为是由于政治原因而失败的;因为那次的评判员是临时改由客蒙①和他的九个

---

① 客蒙是寡头派领袖,屡立战功,击败波斯人。后来于公元前四六一年被放逐。

同僚担任的。据说他因此愤而离开了雅典。公元前五世纪七十年代末他接受西西里岛绪剌枯赛（叙拉古）城的国王希厄戎邀请，前往他那里作客。公元前四五八年他再次赴西西里，于公元前四五六年死在该岛南部的革拉城。他曾为自己写过一首墓志铭：

> 雅典人埃斯库罗斯，欧福里翁之子，
> 躺在这里，周围荡漾着革拉的麦浪；
> 马拉松圣地称道他作战英雄无比，
> 长头发的波斯人听了，心里最明白。

公元前三三〇年左右雅典人曾在雅典剧场里给他立了一座铜像。

据说埃斯库罗斯写过七十出悲剧和许多出"笑剧"。① 他在世时获得了十三次胜利；他死后，他儿子欧福里翁（与祖父同名）把他的遗作拿出来上演，获得了四次胜利。他的悲剧只传下七出完整的，这七出按照演出年代大致这样排列：

一 《乞援人》，公元前四九〇年左右演出②。

二 《波斯人》，公元前四七二年演出，得头奖。

三 《七将攻忒拜》，公元前四六七年演出，得头奖。

四 《被缚的普罗米修斯》，公元前四六五年左右演出③。

五 《阿伽门农》，公元前四五八年演出，得头奖。

六 《奠酒人》，公元前四五八年演出，得头奖。

七 《报仇神》，公元前四五八年演出，得头奖。

---

① 一说他一共写过九十出悲剧和"笑剧"。
② 一说公元前四六一年左右演出。
③ 一说公元前四七九与前四七八年之间演出，也有人认为这剧是诗人晚年的作品，于诗人死后演出。

二

公元前六世纪末波斯帝国侵占了小亚细亚沿岸的希腊城邦,公元前五世纪初这些希腊城邦相继起来反抗波斯的统治,虽然得到希腊本部的支援,但是最终失败了。波斯与希腊之间的政治和经济矛盾很快就引起了战争。波斯人多次举兵进攻希腊。马拉松之役发生于公元前四九〇年,萨拉弥斯之役发生于公元前四八〇年,次年波斯陆军在普拉泰亚被歼灭。此后还发生了一些小战,直到公元前四四九年库普洛斯(塞浦路斯)之役,希腊波斯战争才告结束。

埃斯库罗斯曾亲身参加战斗,捍卫希腊的自由。他的爱国热情在他的悲剧中处处流露。《波斯人》写希腊卫国战争的胜利。这个剧本是现存的唯一以当时现实为题材的希腊悲剧。背景是波斯王宫,由报信人报告波斯海军在萨拉弥斯全军覆没。埃斯库罗斯是大战的目击者,剧中关于海战的描写,比历史家希罗多德的记载生动得多。诗人认为波斯人之所以失败,是由于骄傲自大,受到神的惩罚。《七将攻忒拜》写俄狄浦斯两个儿子厄忒俄克勒斯和波吕涅刻斯争夺王位的战争。波吕涅刻斯带着外邦的军队回来攻打祖国,厄忒俄克勒斯则竭力保卫城邦。诗人在悲剧中把波吕涅刻斯作为叛徒来处理。雅典被放逐的僭主希庇亚斯曾参加马拉松之役,企图借波斯兵力进行复辟,斯巴达被放逐的国王得马剌托斯曾于公元前四八〇年随波斯国王来攻打希腊。诗人似乎有意借波吕涅刻斯来影射这两个叛徒,所以剧中说阿耳戈斯人讲的是外国语,暗指波斯语。阿里斯托芬的喜剧《蛙》中曾经说埃斯库罗斯写过一出充满战斗精神的悲剧,叫作《七将攻忒拜》,使每一个看了那出戏的人都想当兵打仗,他这样把雅典人教育成为爱国的人。诗人还在《报仇神》中劝雅典人同外国人打仗,因为波斯人的威胁还没有解除。从以上三出戏中可以看出诗人的爱国主义思想。诗人对于侵略战争竭力反对,他曾在《阿伽门农》中,对阿伽门农弟兄侵略特洛亚一举加以猛烈的抨击。

雅典民主运动开始于梭伦时代。梭伦在公元前六世纪初废除了土地抵押,禁止土地集中,并且废除了土地贵族世袭的政治特权。公元前六世纪末,克力斯提泥进行了民主改革,把原来的按部落划分的四个大区化为十个行政小区,每区的公民包括各部落的成员,每个成年男子都享受同等的政治权利,从此民主制度才得以形成。但妇女和奴隶不能享受政治权利,所以雅典的民主只不过是奴隶主的民主罢了。虽然克力斯提泥的改革削弱了贵族的权力,但是他们仍然保持着相当的势力。公元前五世纪上半叶,土地贵族的寡头派与工商业界的民主派之间的政治斗争,比民主改革时期的政治斗争更为尖锐。寡头派的领袖是客蒙和修昔的底斯①,民主派的领袖是厄菲阿尔忒斯和伯里克利。民主派最大的改革是把元老院的权力分给五百人议事会和公民大会,使元老院只负责审判杀人罪。当时政治斗争的激烈可由厄菲阿尔忒斯被刺一事看出来。从此贵族的权力被剥夺了。

埃斯库罗斯是贵族出身,但是他突破了他的阶级限制,加入了民主派。他拥护奴隶主民主制度,提倡民主精神。《阿

---

① 政治家,不是历史家修昔的底斯。

伽门农》中的阿伽门农刚回国的时候,就决定开大会,讨论有关城邦的事。①《乞援人》中的阿耳戈斯国王珀拉斯戈斯在处理国家大事的时候,表示要同人民商量而不愿独断独行。《波斯人》一剧抨击东方的专制制度,赞扬雅典的民主制度。从《报仇神》中也可以看出诗人在提倡民主精神。该剧中的歌队赞美雅典为由人民治理的民主的城邦。剧中的仇杀案是由雅典的战神山法庭用民主方式判决的,这个法庭即后来的元老院。剧中的雅典娜强调法庭应当受到尊敬,法律是不许随便增删的,从这些话里可以看出诗人不满意于厄菲阿尔忒斯的民主改革。诗人虽然在政治上属于民主派,但是他有时候仍用贵族的眼光来看当时的社会现实,这就表示他的政治观是矛盾的。他甚至主张调和雅典内部的阶级斗争,他曾在《报仇神》中劝雅典人不要起内讧,因为该剧上演时,客蒙的党羽正在企图发动政变,而民主派则急于要为厄菲阿尔忒斯之死向寡头派报复。

在古希腊民主运动时期中,当平民的力量还不够强大,不能推翻贵族的势力的时候,往往有野心家利用平民与贵族之间的矛盾,借平民的力量夺取政权,成为僭主。这些僭主是贵族制度过渡到奴隶主民主制度时期的产物,他们的主要作用是进一步削弱了贵族的势力。雅典的庇士特拉妥就是这样于公元前五六〇年成为僭主的,他多多少少还照顾民众的利益;他死后,由他两个儿子当权,他们很残暴,不得人心,次子希帕卡斯被刺死,长子希庇亚斯变本加厉,残害人民,于公元前五一〇年被放逐。希庇亚斯复辟失败之后,贵族中还有一些野

---

① 参看《阿伽门农》第844到850行。

心家想夺取政权,成为僭主,客蒙就是个危险人物。所以防止再有僭主出现,是当时的历史任务之一。埃斯库罗斯对于残暴的僭主深恶痛绝,他在《被缚的普罗米修斯》一剧中,把宙斯描写为一个典型的僭主。

诗人的宗教观也是矛盾的。他无疑在他的家乡厄琉西斯受过农神得墨忒耳的教仪的熏陶,但是他又没有入教;因为我们知道,他曾被控在他的戏剧里泄露了得墨忒耳的密仪,他在答辩中说他不知道那是密仪,因此被判无罪。诗人在"俄瑞斯忒亚三部曲"中赞美众神,把宙斯当作一位公正的神。但是他在《被缚的普罗米修斯》中却竭力攻击宙斯,对神抱敌视态度。

希腊悲剧绝大多数以古代传说为题材,剧中不免带有一些当时社会上流行的落后思想的影响,命运观就是其中之一。埃斯库罗斯把三位命运女神当作最高的神,认为她们的威力是无限强大的,甚至连众神,包括宙斯在内,都受她们控制①。其实古人所谓命运乃历史的必然趋势,事物的规律;古希腊人把他们所不能解释的种种遭遇统统归之于命运。例如普罗米修斯为了帮助人类求生存与进步,为了实现自己的理想而遭遇着莫大的痛苦,这是埃斯库罗斯所不能解释的,他认为普罗米修斯所受的痛苦是他命中注定的。其实按照事物发展的规律,任何进步事业必然会受到旧势力的阻挠,遭遇困难。埃斯库罗斯既认为命运支配着人的行动,又认为人应当选择自己的行为,对自己的行为负责任。他把他剧中的人物描写为行动自由的人,例如阿伽门农的被杀并不是完全由于他命该如

---

① 参看《被缚的普罗米修斯》第510到518行。

此，而是因为他有罪，特别是因为杀了自己女儿伊菲革涅亚来祭神，而克吕泰墨斯特拉之杀阿伽门农也并不是出于神的指使，而是出于她个人的报复的动机。当时社会上流行的落后思想，除了命运观之外，还有因果报应观念。先人造孽，受了诅咒，这诅咒将世代相传，使后代因为祖先的罪孽而遭受苦难。"俄瑞斯忒亚三部曲"中充满了世代仇杀与因果报应，克吕泰墨斯特拉为报女儿伊菲革涅亚被杀之仇而杀阿伽门农，俄瑞斯忒斯为报杀父之仇而杀他母亲克吕泰墨斯特拉，而他们两人之死又与阿伽门农的祖先所承受的诅咒有关。《七将攻忒拜》中的厄忒俄克勒斯和波吕涅刻斯之自相残杀，也是因果报应。但是诗人又因为受了他自己的时代的法治精神的感染，努力突破他所承受的因果观念。例如《报仇神》中的报仇神要为克吕泰墨斯特拉之死向俄瑞斯忒斯报复，但这一仇杀案件由雅典法庭来判决，这就表明法治观念战胜了因果与仇杀观念。

从以上的简单分析，可以做出如下的结论：诗人生于一个新旧交替时期，接受了一些保守落后的传统思想，但是他并不顽固，他有向上进取之心，常常努力摆脱旧的思想，吸取新的精神。他反对东方的专制制度，保卫希腊的自由，又在《报仇神》中借雅典娜之口，劝雅典人不要容许专制独裁，也不要完全不受法律的管束。他所指的"法律"是元老院的权力。他反对僭主制度，反抗暴力，又主张妥协调和。他捍卫民主制度，又不同意民主派对元老院的改革。他有时候对神抱敌视态度，有时候又认为神是正义的。他既认为人应当选择自己的行为，又认为人的行为受命运支配。由以上各点可以看出诗人思想的矛盾，他的进步思想是强有力的一面，正在克服他的落后思想。

三

古希腊悲剧起源于酒神颂,那是一种乡社歌舞。歌队由五十个"羊人"组成,其中一个是歌队长,他回答歌队的问话,讲述酒神狄俄倪索斯的故事。这种回答起初不过是"临时口占"①。相传忒斯庇斯首先把一个演员介绍到酒神颂里,这个演员可以轮流扮演几个人物,可以和歌队长谈话。这是希腊悲剧的最初发展阶段。古雅典第一次悲剧比赛是在公元前五三五年举行的。佛律尼科斯首先扩大悲剧的题材,他写过许多出以英雄故事为题材的悲剧和两出以希腊波斯战争为题材的悲剧。

埃斯库罗斯开始创作时,希腊悲剧还处于早期发展阶段。诗人对于戏剧艺术和技巧有许多伟大的贡献,他使悲剧具备深刻的内容和完备的形式,因此古希腊人称呼他为"悲剧之父",恩格斯也这样称呼他②。他"首先把演员的数目由一个增至二个,并削弱了歌队的作用,使对话成为主要部分"③。戏剧有了两个演员,才有正式的对话,才能表现冲突和性格,所以增加第二个演员是个伟大的贡献。但一出戏如果只有两个演员,在情节的处理上有些困难,例如《乞援人》中的达那

---

① 见亚里士多德的《诗学》第四章。
② 见恩格斯给明娜·考茨基的书信,载《马克思恩格斯列宁斯大林论文艺》第27页,人民文学出版社1959年版。
③ 见亚里士多德的《诗学》第四章。

俄斯许久不能同珀拉斯戈斯说话①,显得不自然。埃斯库罗斯后来也仿效索福克勒斯,再增加一个演员。

埃斯库罗斯所创造的人物是一些雄伟的人物。他剧中的人有些像神,不大像真实的人;他剧中的神又有些像人,不大像尊严的神。《波斯人》中的达瑞俄斯的鬼魂和《阿伽门农》中的克吕泰墨斯特拉都很有尊严,有些像神,而《被缚的普罗米修斯》中的赫耳墨斯则像凡间奔走于两军之间的传令官,《报仇神》中的阿波罗则像凡间法庭上的辩护人,并不显得有尊严。诗人把许多神介绍到他的悲剧中,《被缚的普罗米修斯》中只有伊俄是凡人,其他人物都是神。《报仇神》中也有许多神出现。《乞援人》和《波斯人》中的人物没有什么性格。《七将攻忒拜》中的厄忒俄克勒斯的悲剧则是由他的性格造成的,他本来很冷静稳重,但是当他听说他的弟兄波吕涅刻斯攻打第七个城门时,祖传的诅咒便在他身上发挥作用,使他发疯,暴跳如雷,不顾绝大的危险,亲自上阵去和波吕涅刻斯对杀。一般说来,埃斯库罗斯的人物的性格是固定不变的,唯独厄忒俄克勒斯的性格有发展。埃斯库罗斯的次要人物都是为了反衬主要人物的性格,或者为了引起某种气氛,而不是为了使剧情复杂化。

埃斯库罗斯的作品,据我们所知,除了《波斯人》和与《波斯人》同时上演的两出已失传的悲剧而外,都是"三部曲"②。"三部曲"的结构比较困难,既要顾到每出戏本身结构的完

---

① 因为达那俄斯是由一个不说话的演员扮演的。
② 或称"三联剧",即属于同一题材的三出悲剧,再加上一出属于同一题材的"笑剧",合称为"四部曲"或"四联剧"。

整,又要顾到各剧之间的联系。第一部曲要解决自己的问题,同时又要提出新的问题,留待下一部曲解决。第二部曲也是如此。第三部曲是"三部曲"的最后一部曲,须传达作者的结论。埃斯库罗斯的第三部曲往往是个大团圆,也就是说其中的情节由逆境转入顺境,这不合悲剧的精神。埃斯库罗斯的悲剧结构简单,没有复杂的情节,动作既少,发展又慢。《奠酒人》中的俄瑞斯忒斯和他姐姐之间的认识很不自然,剧中的谋杀计策安排得不顶好。所以悲剧的布局还有待于诗人们的努力,使它趋于完美。

歌队在埃斯库罗斯的剧中占重要地位。歌队队员的人数,在《乞援人》中大概是五十人,在其他剧中则减为十二人。埃斯库罗斯感觉两个演员不够用,因此把歌队作为一个"演员"看待,使它参加剧中的活动,例如《乞援人》中的队员以自杀要挟珀拉斯戈斯,使他非保护她们不可;他若是不保护她们,他本人和他的城邦将受到神的惩罚。又如在《报仇神》中,组成歌队的报仇神们追赶俄瑞斯忒斯,并且在法庭上以原告姿态出现,她们在该剧中的地位比其他任何人物都重要得多。埃斯库罗斯这样把抒情诗和对话紧密结合起来,使歌队不但不妨碍剧中动作的进展,而且能推动动作往前发展。

埃斯库罗斯很熟悉演出技巧,他的戏都是自导自演。据说布景、服装、高底靴等都是由他首先采用的。他的表演很豪华,富于色彩。《乞援人》中五十个穿白袍的埃及女子组成的歌队,珀拉斯戈斯和阿伽门农乘战车进场,《阿伽门农》中的紫色花毡,《报仇神》剧尾的火炬游行——这些场面都是很壮观的。

埃斯库罗斯的风格很庄严,崇高,雄浑有力,与他的悲剧中所表现的强烈的严肃的斗争相适应,但有时候过分夸张，以致意义晦涩难解①。他的想象力很高，词汇丰富，比喻的范围很广，但有些比喻很奇特，例如把干燥的尘埃称为"泥土的孪生姐妹"，把宙斯的鹰称为"有翅膀的狗"。

四

描写普罗米修斯的"三部曲"的第一部曲是《被缚的普罗米修斯》②，这是埃斯库罗斯的杰作之一。情节是这样的：宙斯在普罗米修斯的帮助之下推翻了他父亲克洛诺斯之后，把各种特权分配给众神，但对于人类他不但不关心，反而认为他们太愚蠢，要把他们毁灭，另行创造新的人类。普罗米修斯同情人类的苦难，把天上的火偷来送给凡人，并且把科学、文字、医药、占卜术等都传授给凡人，③使他们有了技术、知识和智慧，能战胜一切困难与危险，获得生存。宙斯为这事很生气，在《被缚的普罗米修斯》中叫火神赫淮斯托斯把普罗米修斯绑在高加索崖石上，使他遭受莫大的痛苦。在第二部曲《普罗米修斯被释》中，宙斯同普罗米修斯和解了，他叫自己的儿子赫剌克勒斯把普罗米修斯释放了。第三部曲是《带火的普罗米修斯》④，这剧写雅典人崇拜人类的恩神普罗米修斯，剧中有火炬游行。

~~~~~~~~~~~~~~~~~~~~~~~~~~~~~~

① 参看阿里斯托芬的《蛙》第四场，见《文艺理论译丛》1958年第2期。
② 这个"三部曲"只传下第一部曲。
③ 见《被缚的普罗米修斯》第446到506行。
④ 在一八六九年以前，所有的学者都把这第三部曲理解为《送火的普罗米修斯》，作为第一部曲。这样排列是错误的，因为这部曲的残诗说普罗米修斯已被缚许多年，古代注释者也说在《带火的普罗米修斯》中，普罗米修斯已被缚三万年之久。

普罗米修斯在赫西俄多斯(赫西俄德)的诗中是个歹徒，是个骗子，①在阿提卡是位小神；但是经过埃斯库罗斯的塑造，他成了一位敢于为人类的生存和幸福而反抗宙斯的伟大的神。他十分爱护人类，不但使人类免于灭亡，而且使他们有了火，有了文明。他为人类而受苦，为进步的理想而奋斗，这种精神是永远使人们感动的，这剧的第一合唱歌写全世界的人怎样为普罗米修斯所受的痛苦而悲叹②。普罗米修斯对伊俄寄予莫大的同情。宙斯企图引诱伊俄，害得她漂泊到海角天涯。伊俄所受的屈辱和痛苦反映了古希腊妇女的不幸。伊俄的出现使普罗米修斯对宙斯更加痛恨。普罗米修斯的态度关系到人类的命运，他若是和宙斯妥协，将给人类带来极大的不幸。但是他敢于反抗暴力，反对宙斯；他憎恨所有的不正义的神，决不向他们屈服。他竭力忍受宙斯加到他身上的痛苦，他在威力神面前以极大的耐力忍受他对他的侮辱；他的满腔愤恨只能向大自然吐诉③。在"退场"中，神使赫耳墨斯对他的威胁不但没有把他吓倒，反而使他更加气愤，他宁可被打入地牢，也不肯道破他所严守的秘密(即如果宙斯和某一位女神结婚，生一个比他强大的神，他自己将被推翻)，因为普罗米修斯知道，唯有严守这个秘密，他才有恢复自由之日，或者是宙斯为了想知道这个秘密而把他释放，或者是宙斯被推翻，他自己因而获得自由。因此他一点也不害怕，在精神上取得了优势。这位伟大的神，从古到今都获得人们的称颂。马克

---

① 参看《被缚的普罗米修斯》第 27 页注①。
② 参看《被缚的普罗米修斯》第 397 到 435 行。
③ 参看《被缚的普罗米修斯》第 88 到 100 行。

思称普罗米修斯为"哲学史上最崇高的圣者兼殉道者"①,并且把普罗米修斯对赫耳墨斯说的"一句话告诉你,我憎恨所有受了我的恩惠,恩将仇报,迫害我的神"②一语,作为哲学"用以敌视天地诸神的格言"③。别林斯基对普罗米修斯这形象评价很高,他特别称赞普罗米修斯只承认理智,不承认其他任何权威的精神。高尔基认为普罗米修斯是人类社会所爱好的不朽的形象之一。

在这个剧本里宙斯虽然没有出场,但是他的性格和行为是描写得很清楚的。他是个新得势的神,害怕别的神背叛他,他并且知道自己有被推翻的危险。他的心虚使他在精神上处于劣势,但是他外强中干,采用最严厉的手段来对付普罗米修斯,诚如赫淮斯托斯所说,"每一位新得势的神都是很严厉的"④。他之所以能推翻他父亲克洛诺斯而获得王位,是由于普罗米修斯的帮助,但如今他恩将仇报,对他的战友进行迫害。他不相信朋友,不听劝告,诚如普罗米修斯所说,"不相信朋友是暴君的通病"⑤。他残忍暴虐,"专制横行"⑥;"法律又操在他手中"⑦,他的话即是法律。他并且迫害人类,引诱伊俄。这一切表明他是个不正义的神,是个典型的僭主,和希

---

① 见《德谟颉利图自然哲学与伊壁鸠鲁自然哲学的区别》序言,《马克思恩格斯早期著作选》,苏联国家政治书籍出版社,莫斯科,1956年,俄文版第25页。
② 见《被缚的普罗米修斯》第975行。
③ 见《马克思恩格斯早期著作选》,俄文版第24页。
④ 见《被缚的普罗米修斯》第35行。
⑤ 见《被缚的普罗米修斯》第225行。
⑥ 见《被缚的普罗米修斯》第151行。
⑦ 见《被缚的普罗米修斯》第186行。

罗多德在他的《希腊波斯战争史》中描写的僭主完全一样。诗人反对专制,他借《被缚的普罗米修斯》这剧来痛斥古希腊各城邦的僭主,这就是这剧的历史意义。除了攻击宙斯而外,诗人还竭力描写威力神的凶恶面貌,叫普罗米修斯讽刺河神俄刻阿诺斯的怯懦和世故,挖苦赫耳墨斯的奴才根性。所以马克思说,希腊的众神在埃斯库罗斯的《被缚的普罗米修斯》里被打得遍体鳞伤,几乎死去。①

这剧的结构简单,布局松懈,也就是说"场"与"场"之间的联系不是非常紧密的。这剧的动作很少,主要是因为主人公普罗米修斯被绑在崖石上,不能行动。但剧中并不缺少冲突,例如赫淮斯托斯与威力神之间的冲突,普罗米修斯与河神之间的冲突,普罗米修斯与赫耳墨斯之间(也就是普罗米修斯与宙斯之间)的冲突。剧中各个人物的出现使普罗米修斯的情感发生变化,歌队的访问使他得到安慰,河神的访问使他烦恼,伊俄路过高加索山使他发生怜悯与愤慨之情,赫耳墨斯的到来使他愤怒。这些心理变化代替了外在的戏剧动作。伊俄一场(第三场)除了使普罗米修斯发生怜悯与愤慨之情而外,还可以使这剧和第二部曲(《普罗米修斯被释》)衔接起来,因为这一场里提及普罗米修斯日后的释放者,即伊俄的十三代后人赫剌克勒斯。这一场里的地理描写我们今日读起来未免感觉沉闷,但是这种叙述很能满足当日雅典观众的好奇心;因为他们很想知道远方民族的生活和异域的地理情况。这剧的结构虽然简单,但场面大,气氛庄严。荒凉峻峭的崖石上立着一位不屈不挠的巨神。歌队乘飞车进场,歌舞翩跹。

---

① 参看《马克思恩格斯全集》,俄文版第一卷第403页。

河神乘飞马来去。伊俄的变态和疯狂引起奇异的气氛。最后,普罗米修斯和赫耳墨斯的冲突导致雷电交加,山崩地裂,人类的恩神被打入地牢。

这剧的风格与埃斯库罗斯其他剧本的风格不大相同,文字比较简洁,语法比较简单,因此意思比较容易了解。

五

"俄瑞斯忒亚三部曲"是现存的唯一完整的"三部曲",其中第一部曲《阿伽门农》,是古希腊悲剧中最出色的作品之一。情节是这样的:阿伽门农为了出兵攻打特洛亚,不惜把他女儿伊菲革涅亚杀了来祭阿耳忒弥斯,请求这位女神不要再发出逆风,好让希腊船只开赴小亚细亚去攻打特洛亚。这就引起了他妻子克吕泰墨斯特拉对他的仇恨,主要是为了这个缘故,他才被他妻子杀害。

这剧的主要意义是反对不义的战争。阿伽门农的弟弟墨涅拉俄斯的妻子海伦被特洛亚王子帕里斯拐走,阿伽门农因此出兵攻打特洛亚,要把海伦夺回。为了夺回一个私奔的女人而攻打邻国,可见这是不义的战争。那些组成歌队的长老们回忆起当初出征的情形,心里很凄凉。他们反对阿伽门农拿他女儿来祭神,对伊菲革涅亚的遭遇寄予莫大的同情。① 在阿伽门农回来的时候,他们甚至当着他的面说:"你曾为了海伦的缘故率领军队出征,那时候,不瞒你说,在我的心目中,

---

① 参看《阿伽门农》"进场歌"第五曲次节和第六曲首节。

你的肖像颜色配得十分不妙,你没有把你心里的舵掌好……"①战争打了十年,死了无数的人,长老们因此叹道:"送出去的是亲爱的人,回到每一个家里的是一罐骨灰,不是活人。"②为此人民在低声抱怨,对阿伽门农弟兄"发出的悲愤正在暗地里蔓延"③。长老们认为市民的愤怒的话是危险的,公众的诅咒正在生效,神会注意那些"杀人如麻的人"④。特洛亚陷落的时候烧杀甚惨,希腊人甚至把天神的庙宇烧毁了。⑤ 这一行为在古希腊人看来是弥天大罪,这件事是由传令官口里说出的。传令官本来是来颂扬阿伽门农的胜利的,但是他却在诉战争的痛苦,数阿伽门农的罪恶,报告凯旋军在归途上被毁灭。他这些话使这场胜利显得暗淡无光。

阿伽门农之所以被杀,主要是由于他把他女儿杀了来祭献。他之带回卡珊德拉,也是他被杀的原因之一。他的行动是自由的,他本来可以不杀他女儿,不攻打特洛亚;他既然有罪,就应遭受惩罚。在他被杀之后,祖传的诅咒才被提出来。克吕泰墨斯特拉自命是"报冤鬼",为阿伽门农的父亲阿特柔斯杀死提厄斯忒斯两个儿子的事而向阿伽门农报复。⑥ 埃癸斯托斯也说他是在为他两个哥哥的死而报复冤仇。⑦ 这样看来,阿伽门农的被杀也是因果报应。但是克吕泰墨斯特拉的行动并不是完全使人同情的;因为她同埃癸斯托斯有奸情,因

---

① 见《阿伽门农》第799到802行。"我"指歌队长,他代表歌队。
② 见《阿伽门农》第433到436行。
③ 见《阿伽门农》第451到452行。
④ 见《阿伽门农》第462行。
⑤ 参看《阿伽门农》第525到528行。
⑥ 参看《阿伽门农》第1500到1504行。
⑦ 参看《阿伽门农》第1577到1611行。

而谋杀她的丈夫。

长老们在剧尾和埃癸斯托斯发生冲突,他们希望阿伽门农的儿子俄瑞斯忒斯回来报杀父之仇。这是第一部曲的结尾,它已经为第二部曲确定了主题。

第二部曲是《奠酒人》,这剧写俄瑞斯忒斯回来报仇,杀死了埃癸斯托斯和他自己的母亲克吕泰墨斯特拉。俄瑞斯忒斯报仇之后,看见报仇女神们追来,要他还他母亲的血债。

第三部曲是《报仇神》,这剧写俄瑞斯忒斯被报仇女神们追赶。阿波罗给俄瑞斯忒斯举行了净罪礼之后,叫他到雅典去。雅典的守护神雅典娜成立了一个法庭来审判这一案件。原告报仇女神们维护没落的母权制,认为俄瑞斯忒斯杀母有罪。替俄瑞斯忒斯辩护的阿波罗则维护新兴的父权制,认为俄瑞斯忒斯杀母没有罪。判罪票和赦罪票数目相等,于是雅典娜以庭长身份投了一张赦罪票,把俄瑞斯忒斯赦免了。①

首先看出这剧的社会意义的是巴苛芬。恩格斯这样写道:

> 巴苛芬把埃斯库罗斯的"俄瑞斯忒亚"解释为没落的母权制跟发生于"英雄时代"而获得胜利的父权制之间的斗争的戏剧式的描写。……保护母权的鬼神厄里倪厄斯神们都追究他②,因为照母权制,杀母是最大而不可赎的罪。但是阿波罗神……与雅典娜神……却都替俄瑞斯忒斯辩护……俄瑞斯忒斯援引:克吕泰墨斯特拉既杀了自己的夫,同时又杀了他的父,是犯了二重的罪。为什么厄里倪厄斯神们要追究他,而不追究犯罪更重的她呢?答

---

① 索福克勒斯的《厄勒克特拉》和欧里庇得斯的《厄勒克特拉》写这同一题材,索福克勒斯认为俄瑞斯忒斯无罪,欧里庇得斯则认为他有罪。
② "厄里倪厄斯"即报仇神们。"他"指俄瑞斯忒斯。——引者注

辩是骇人听闻的:"她跟她所杀死的男人,是没有血统关系的。"

　　杀死一个没有血统关系的男人,即使他是杀死他的那个女人的丈夫,也是可以赎罪的,此事是跟厄里倪厄斯神们毫不相干的;她们的职务只是追究血统亲族中间的杀害案件,在这里,按照母权制,杀母是最重大而不可赎的罪。但是,阿波罗神却出面做了俄瑞斯忒斯的辩护人;于是雅典娜神把问题提交裁判员们——雅典娜神的陪审员们——投票表决;主张宣告无罪与主张有罪的票数相等;这时,雅典娜神以裁判长的资格,给俄瑞斯忒斯投了一张票,宣告他无罪。父权制战胜了母权制……①

父权制战胜了母权制,是历史的必然趋势。雅典娜投了一票,宣判俄瑞斯忒斯无罪,就是通过神的力量来表现父权制战胜母权制的必然趋势。但是这个必然趋势不是埃斯库罗斯所能理解的。他认为俄瑞斯忒斯之所以获得胜利,是由于神的力量帮助了他。报仇女神们经雅典娜一番慰藉,答应放弃报仇的活动,同年轻一辈的神和解了,成为雅典城的守护者。从此法律裁判代替了血腥仇杀,人类社会开始由野蛮进入文明。这就是整个"三部曲"的结论。

《阿伽门农》这剧还提倡民主思想。阿伽门农刚回国的时候,听长老们说,有人欺骗他,行为不正,他就觉得国内政治有问题,因此这样说:"其余的有关城邦和神的事,我们要开大会,大家讨论。健全的制度,决定永远保留;需要医治的毒疮,就细心用火烧或用刀割,把疾病的危害除掉。"②这话表示

---

①　见恩格斯的《家庭、私有制和国家的起源》第四版序言,人民出版社1955年版。引文中的专名改用《阿伽门农》剧中的译名。

②　见《阿伽门农》第844到850行。

阿伽门农愿意听取人民的意见,有一定的民主精神。埃癸斯托斯和克吕泰墨斯特拉则企图使用暴力,压迫人民。[①] 长老们认为他们两人"要在城邦里建立专制制度"[②],这是长老们所不能容忍的,他们宁愿死,也不愿受"暴君"统治。[③] 剧中所说的"专制制度"与"暴君"暗指古希腊的僭主制度与僭主。由此可以看出诗人是在借这剧来提倡民主精神,反对僭主专制。

《阿伽门农》的人物丰富多彩,除卡珊德拉外,所有的人物都有性格,这剧的成功得力于性格描写。克吕泰墨斯特拉是个威严可畏、阴险毒辣的女人,她意志坚强,敢作敢为。她的自信心很强,行动很快,不须埃癸斯托斯大力帮助,她就把阿伽门农和卡珊德拉杀死了。在这个三部曲中,她始终保持着她的倔强的性格,甚至在《奠酒人》中,到了危险关头,她还叫人给她一把斧头来对付她的儿子俄瑞斯忒斯;她的鬼魂在《报仇神》中出现的时候,依然是气势汹汹,很有威风。她很有理由向阿伽门农报复,但是她通奸有罪。克吕泰墨斯特拉是埃斯库罗斯创造的最有声色的人物。阿伽门农并不是一个骄横的人,一个好阿谀的人。他很尊敬神,有一定民主精神。他虽然胜利归来,却显得疲惫不堪。守望人是个很真实的人物,短短三四十行诗就把他写活了。一年来的守望使他感觉疲劳,但慑于克吕泰墨斯特拉的威严,他不得不忠于职守。他预料王宫里有不幸事件发生,心里很忧郁。等火光一出现,他想起将和主人见面,无限兴奋,就在屋顶上跳舞,但是观众知

---

① 参看《阿伽门农》第1635到1642行。
② 见《阿伽门农》第1355行。
③ 参看《阿伽门农》第1364到1365行。

道他不会有机会和他主人接近。传令官也是个很真实的人物,他不是个普通的报信人,而是个具有性格的人物。他在一阵高兴之后,想起战争的辛苦和残酷,便忧郁起来。他曾远离祖国,所以他认为一旦归来,长住在家里,是一生最大的幸福。他处处表示自己的情感,以致他所带回的消息反而显得不重要了。

这剧的结构简单,前半部戏是为阿伽门农的登场做准备,守望人和歌队都预料有不祥事件发生,传令官的报告实际上是在数阿伽门农的罪过。阿伽门农登场之后,他和克吕泰墨斯特拉之间的争执,立即把剧情引向高潮。从他对克吕泰墨斯特拉让步,答应踏着紫色花毡进宫的时候起,剧情就开始突转。此后是卡珊德拉的抒情独唱,使动作延宕,这是为了加强悲剧的气氛,使阿伽门农和卡珊德拉之死显得格外可怕。阿伽门农死后,剧情急转直下,空气十分紧张。这第一部曲把气氛准备好了,所以第二部曲和第三部曲一开始就是动作,剧情发展十分迅速。

《阿伽门农》中的每一景都是十分著名的。描写信号火光的一段①是希腊文学中最有名的诗。剧中没有闲笔;也许有人认为抒情部分太长,但是从"三部曲"的结构来看,就不嫌太长;因为整个"三部曲"的悲剧气氛须在第一部曲中造成,《阿伽门农》的抒情部分长达全剧之半,就是为了达到这个目的②。剧中的合唱歌都很美丽,很动人,特别是关于伊菲

---

① 参看《阿伽门农》第281到316行。
② 《被缚的普罗米修斯》也是第一部曲,但是该剧抒情部分约只占全剧七分之一。在该剧中,普罗米修斯须及早出场,所以用不着预先准备悲剧气氛。

革涅亚的杀献的描写①。

埃斯库罗斯死后,雅典人通过了一道法令,特许重演诗人的悲剧,但是他的声名很快就衰落了。过了五十年,阿里斯托芬在他的喜剧《蛙》里比较埃斯库罗斯和欧里庇得斯的思想和艺术。该剧中的酒神狄俄倪索斯本来是到冥土去迎接欧里庇得斯还阳的,他听了这两位诗人的论战,结果评判埃斯库罗斯得胜,把他迎接还阳。阿里斯托芬对埃斯库罗斯推崇备至,但也批评他的风格夸张,他的词汇有一些有声音而无意义,他的诗晦涩难懂,他的技巧有些笨拙。亚里士多德在《诗学》中很少提起埃斯库罗斯,因为他的悲剧不像索福克勒斯的那样合乎他的理想。埃斯库罗斯的剧本在古代影响不大,到后世,特别在十九世纪,才受到较广泛的重视,发生较大的影响。据拉法格的回忆录所载,埃斯库罗斯是马克思最喜爱的作家之一,马克思每年都重读一遍埃斯库罗斯的原文剧本,而《被缚的普罗米修斯》是他最爱的作品。

罗念生

① 参看《阿伽门农》第192到246行。

被缚的普罗米修斯

此剧本根据哈里（Joseph Edward Harry）校订的《埃斯库罗斯的普罗米修斯》（*Aeschylus：Prometheus*, American Book Company, 1905）古希腊文译出，并参考了赛克斯（E. E. Sikes）与威尔逊（G. B. W. Willson）校订的《埃斯库罗斯的被缚的普罗米修斯》（*The Prometheus Vinctus of Aeschylus*, MacMillan, 1912）一书的注解和洛布（Loeb）古典丛书的版本。

普罗米修斯和阿特拉斯

公元前六世纪瓶画。普罗米修斯被绑在一根石柱上。宙斯的鹰正在啄食他的肝,从肝上淌下一滴滴的血来。阿特拉斯站在普罗米修斯前面,也正忍受着宙斯的惩罚,用肩膀扛着天,显得很吃力的样子。他们脚下的地面,由一根石柱支着,表示这一幕故事是发生在一个远离人烟的遥远的地方。

场　次

一　开场(原诗第 1 至 127 行) ……………………… 8
二　进场歌(原诗第 128 至 192 行) ………………… 13
三　第一场(原诗第 193 至 396 行) ………………… 16
四　第一合唱歌(原诗第 397 至 435 行) …………… 23
五　第二场(原诗第 436 至 525 行) ………………… 25
六　第二合唱歌(原诗第 526 至 560 行) …………… 29
七　第三场(原诗第 561 至 886 行) ………………… 31
八　第三合唱歌(原诗第 887 至 906 行) …………… 44
九　退场(原诗第 907 至 1093 行) …………………… 45

人　物

（以上场先后为序）

威力神——帕拉斯①和斯提克斯②的儿子。

暴力神——帕拉斯和斯提克斯的女儿。

赫淮斯托斯——宙斯和赫拉的儿子，为火神。

普罗米修斯——伊阿珀托斯和忒弥斯的儿子。

歌队——由俄刻阿诺斯③的十二个女儿组成。

俄刻阿诺斯——天（乌剌诺斯）和地（该亚）的儿子，普罗米修斯的岳父，为河神。

伊俄——伊那科斯④的女儿。

赫耳墨斯——宙斯和迈亚的儿子，为众神的使者。

---

① 帕拉斯，乌剌诺斯（天）和该亚（地）的儿子，提坦神之一，后被雅典娜所杀。
② 斯提克斯，河神俄刻阿诺斯的女儿。
③ 俄刻阿诺斯，环绕大地（古希腊人相信大地是圆饼状）的河的主神，提坦神。
④ 伊那科斯，据阿波洛多罗斯的《神话集》是俄刻阿诺斯之子，也是河神，有一条河由他而得名。

布　景

高加索山悬崖。

时　代

神话时代。

一 开 场

〔普罗米修斯由威力神与暴力神自观众左方上场,赫淮斯托斯拿着铁锤随上。

威力神　我们总算到了大地边缘,斯库提亚①这没有人烟的荒凉地带。啊,赫淮斯托斯,你要遵照你父亲给你的命令,拿牢靠的钢镣铐把这个坏东西锁起来,绑在悬岩上;因为他把你的值得夸耀的东西,助长一切技艺的火焰,偷了来送给人类②;他有罪,应当受众神惩罚,接受教训,从此服从宙斯统治,不再爱护人类。

赫淮斯托斯　啊,威力神,暴力神,宙斯的命令你们是执行完了,没有事儿了;我却不忍心把同族的神强行绑在寒风凛冽的峡谷边上。可是我又不得不打起精神做这件事;因为漠视父亲的命令是要受惩罚的。

（向普罗米修斯）谨慎的忒弥斯的高傲的儿子啊,尽管你和我不情愿,我也得拿这条解不开的铜链把你捆起来,钉在这荒凉的悬岩上。在这里你将听

---

① 斯库提亚,指黑海北边和东北边一带。
② 指普罗米修斯从火神赫淮斯托斯的熔炉里盗火;一说这火是他取自太阳。

不见人声,看不见人影;太阳的闪烁的火焰会把你烤焦,使你的皮肤失掉颜色;直到满天星斗的夜遮住了阳光,或太阳出来化去了晨霜,你才松快。这眼前的苦难将永远折磨你;没有人救得了你①。

这就是你爱护人类所获得的报酬。你自己是一位神,不怕众神发怒,竟把那宝贵的东西送给了人类,那不是他们应得之物。由于这缘故,你将站在这凄凉的石头上守望②,睡不能睡、坐不能坐;你将发出无数的悲叹,无益的呻吟;因为宙斯的心是冷酷无情的;每一位新得势的神③都是很严厉的。

威力神　得了!你为什么拖延时间,白费你的同情?这个众神憎恨的神——他曾把你的特权出卖给人类。你为什么不恨他?

赫淮斯托斯　血亲关系和友谊力量大得很。

威力神　我同意。可是父亲的命令你能违抗吗?你不害怕吗?

赫淮斯托斯　你永远是冷酷无情,傲慢不逊。

威力神　你为他难过也没用,不必在无益的事情上浪费工夫了。

赫淮斯托斯　我真恨我这行手艺!

威力神　为什么恨呢?说实话,这眼前的麻烦怪不着你

---

① 许多注释者把这句话解作:"你的救命恩人尚未降生。"但赫淮斯托斯不知普罗米修斯日后会得救。
② 一说他站了三万年;一说五百年,因解救他的赫剌克勒斯是伊俄的第十三代后人,每　代按古希腊人算法为四十年。
③ 指刚推翻其父克洛诺斯成为主神的宙斯。

的技艺。

赫淮斯托斯　但愿这技艺落到别人手上①。

威力神　除了在天上为王而外,做什么事都有困难;除了宙斯而外,任何人都不自由。

赫淮斯托斯　眼前的事使我明白这道理,我不能反驳。

威力神　那么还不快把镣铐给他上好,免得父亲发觉你耽误时间!

赫淮斯托斯　你看,手铐已经准备好了。

威力神　快套在他腕子上;使劲锤,把他钉在石头上。

〔威力神与暴力神抓住普罗米修斯的手脚,赫淮斯托斯把他钉在石头上。

赫淮斯托斯　我正在钉,没有耽误时间。

威力神　锤重点儿,使劲把他钉得紧紧的,什么地方也不要放松;因为他很狡猾,逢到绝路,也能脱逃。

赫淮斯托斯　这只腕子已经钉紧了,谁也解不开了。

威力神　把这只也钉得牢牢的,好叫他知道,不管他多么聪明,与宙斯相比总是个笨伯。

赫淮斯托斯　除了他,谁也没有理由埋怨我了。

威力神　现在使劲把这无情的钢楔的尖子一直钉进他的胸口。

赫淮斯托斯　哎呀,普罗米修斯,我为你的痛苦而悲叹。

威力神　你又不想钉了,为宙斯的仇敌而悲叹吗?你怕会自己哭自己了②!

---

① 指他不愿干锁住普罗米修斯这份差事。
② 指赫淮斯托斯会受惩罚。

赫淮斯托斯　你看,一幅多么悲惨的景象!

威力神　我看他活该受罪。快把这些带子拴在他腰上!

赫淮斯托斯　我拴,不必尽催我。

威力神　我要命令你,我要大声叫你把他拴紧。快下来,使劲把他的腿箍起来!

赫淮斯托斯　箍好了,没有费多少工夫。

威力神　现在把脚镣上伤人的钉子使劲锤锤,这工作的检查者①是很严厉的。

赫淮斯托斯　你的话跟你的脸一样②。

威力神　你要心软就心软吧,不必骂我心肠硬,冷酷无情。

赫淮斯托斯　我们走吧,他的手脚都已绑好了。

〔赫淮斯托斯自观众左方下。

威力神　现在,你在这里骄横吧,把众神特有的东西偷来送给朝生暮死的人吧!人类能不能减轻你的痛苦呢?众神叫你"普罗米修斯"是叫错了;你倒是需要"先见之明",才能看出怎样摆脱这些精致的镣铐。

〔威力神与暴力神自观众左方下。

普罗米修斯　啊,晴明的天空,快翅膀的风,江河的流水,万顷海波的欢笑,养育万物的大地和普照的太阳的光轮,我向你们呼吁;请看我这个神怎样受了众神迫害。请看我忍受什么痛苦,要经过万年的挣扎。这就是众神的新王想出来的对付我的有伤我的体面的束缚。唉,唉,我为这眼前和未来的灾难而悲叹!我

---

① 指宙斯。
② 古希腊的演员戴面具,威力神面貌凶恶。

这苦难的救星会在什么地方出现啊?

　　这是什么话呀①? 一切未来的事我预先看得清清楚楚;决不会有什么意外的灾难落到我头上。我既知道定数的力量不可抵抗,就得尽可能忍受这注定的命运。这些灾难说起来痛苦,闷在心里也痛苦! 只因为我把众神特有的东西送给了人类,哎呀,才受这样的罪! 我把火种偷来,藏在茴香秆②里,使它成为人们各种技艺的教师,绝大的资力。因为这点过错,我受罚受辱,在这露天之下戴上脚镣手铐。

　　啊,这是什么声音? 什么香气飘到了我这里? 这没有现形的人物是天神,是凡人,还是半神③? 是谁到这大地边缘的悬岩上来探视我的痛苦,或是另有用意呢? 你们看见我这不幸的神戴上脚镣手铐,只因为我太爱护人类,成了宙斯的仇敌,成了那些出入于宙斯的宫廷的众神所憎恨的神。

　　啊,我又听见身边有沙沙的声音,这是什么呀? 是飞鸟鼓翅的声音吗? 空气随着翅膀的轻快的扇动而嘘嘘作响。不管是什么来了,我都害怕啊!

---

① 普罗米修斯责备自己刚才不该说那些软弱的话。
② 这种茴香秆有四五尺高,表皮坚硬,晒干后很容易着火。
③ 半神,指神与人结合而生的人。

二　进　场　歌

〔歌队乘飞车自观众右方进场。

歌　　队　（第一曲首节①）不要害怕；我们这一队姐妹是你的朋友，我们好容易才得到父亲的许可，比赛着谁的翅膀快，飞到这悬崖前面来。是疾驰的风把我吹来的；铁锤丁丁当当的声音传进了石穴深处，惊走了我的娇羞，我来不及穿鞋，就乘着飞车赶来了。（本节完）

普罗米修斯　啊，啊，原来是多子女的特提斯的女儿们②，是那用滔滔的河水环绕着大地的俄刻阿诺斯的女儿们；请看我，看我戴着什么样的镣铐，被钉在这峡谷的万丈悬崖上，眼睁睁地在这里守望啊！

歌　　队　（第一曲次节）我看见了，普罗米修斯；我看见你的身体受伤害，戴着钢镣铐在这崖石上衰弱下去，我眼前便升起了一片充满了眼泪的朦胧的雾。俄林

---

① 古希腊的合唱歌分若干曲，每曲又分首节、次节与末节（有的合唱歌缺少末节）。每曲首次两节的节奏和拍子相同，但各曲的节奏和拍子彼此不同。末节的节奏和拍子与首次两节的不同，但全歌中各曲末节的节奏和拍子相同。
② 特提斯，天和地的女儿。她嫁给俄刻阿诺斯，生了四十一个女儿。

　　　　　波斯①现在归新的舵手们领导；旧日的巨神们已经
　　　　　无影无踪；宙斯滥用新的法令，专制横行。（本节完）　151
普罗米修斯　但愿他把我扔到地底下，扔到那接待死者
　　　　　的冥府底下，塔耳塔洛斯深坑②里，拿解不开的镣铐
　　　　　残忍地把我锁住，免得叫天神或者凡人看见我受苦。
　　　　　可是，现在啊，我这不幸的神任凭天风吹弄；我受苦，
　　　　　我的仇人却幸灾乐祸。　　　　　　　　　　　　　159
歌　　队　（第二曲首节）哪一位神会这样心狠，拿你的痛
　　　　　苦来取乐？除了宙斯，哪一位神不气愤，不对你的苦
　　　　　难表同情？宙斯性情暴戾心又狠，他压制乌剌诺斯
　　　　　的儿女们③；他决不会松手的，除非等到他心满意
　　　　　足，或者有一位神用诡计夺去了他那难以夺取的权
　　　　　力。（本节完）　　　　　　　　　　　　　　　　166
普罗米修斯　别看那众神的王现在侮辱我，给我戴上结
　　　　　实的镣铐，他终究会需要我来告诉他，一个什么新的
　　　　　企图会使他失去王杖和权力④。我不会被他的甜言
　　　　　蜜语所欺骗，不会因为害怕他的凶恶的恫吓而泄露
　　　　　那秘密，除非他先解了这残忍的镣铐，愿意赔偿我所
　　　　　受的侮辱。　　　　　　　　　　　　　　　　　　177
歌　　队　（第二曲次节）你真有胆量，在这样大的痛苦面

───────

① 俄林波斯，希腊北部的高山，为众神的住处。
② 塔耳塔洛斯，一个深坑，在冥土下面，到冥土的距离相当于从冥土到地面的距离。
③ 指宙斯把不服从他的提坦神打入塔耳塔洛斯。
④ 指宙斯欲娶海洋女神忒提斯，所生之子将推翻他。后来宙斯得知此女子名字，让她嫁给珀琉斯，生下儿子阿喀琉斯，成为特洛亚战争中最伟大的希腊英雄。

前也不肯屈服,说起话来这样放肆。一种强烈的恐
惧扰乱了我的心;我担心你的命运,不知你要航到哪
一个海港,才能看见你的痛苦的终点?克洛诺斯的
儿子性情顽固,他的心是劝不动的。(本节完) 185
普罗米修斯 我知道他是很严厉的,而且法律又操在他
手中;可是等他受到那样的打击,我相信他的性情是
会变温和的;等他的强烈的怒气平息之后,他会同我
联盟,同我友好,他热心欢迎我,我也热心欢迎他。 192

三　第　一　场

歌队长　请把整个故事讲给我们听,告诉我们,为了什么过失,宙斯把你捉起来,这样不尊重你,狠狠地侮辱你?如果说起来不使你苦恼,就请告诉我们。

普罗米修斯　这故事说起来痛苦,闷在心里也痛苦,总是难受啊!

　　当初众神动怒,起了内讧:有的想把克洛诺斯推下宝座,让宙斯为王;有的竭力反对,不让宙斯统治众神。我当时曾向提坦们,天和地的儿女,提出最好的意见,但是劝不动他们;良谋巧计他们不听;他们仗恃自己强大,以为可以靠武力轻易取胜。我母亲忒弥斯——又叫该亚①,一身兼有许多名称——时常把未来的事预先告诉我,她说这次不是靠膂力或者暴力就可以取胜,而是靠阴谋诡计。我曾把这话向他们详细解释,他们却认为全然不值得一顾。我当时最好的办法,似乎只好和我母亲联合起来,一同帮助宙斯,我自己愿意,也受欢迎。由于我的策略,

---

① 忒弥斯,司法律、秩序、正义、誓言的女神。她是地神该亚的女儿;但作者把忒弥斯与地神化为一体。

老克洛诺斯和他的战友们全都被囚在塔耳塔洛斯的幽深的牢里。天上这个暴君曾经从我手里得到这样大的帮助,却拿这样重的惩罚来报答我。不相信朋友是暴君的通病①。

你问起他为什么侮辱我,我可以这样解答。他一登上他父亲的宝座,立即把各种权利送给了众神,把权力也分配了;但是对于可怜的人类他不但不关心,反而想把他们的种族完全毁灭,另行创造新的。除了我,谁也不挺身出来反对;只有我有胆量拯救人类,使他们不至于完全被毁灭,被打进冥府。为此,我屈服在这样大的苦难之下,忍受痛苦,看起来可怜!我怜悯人类,自己却得不到怜悯;我在这里受惩罚,没有谁怜悯,这景象真使宙斯丢脸啊!

歌队长　普罗米修斯,谁对你的苦难不感觉气愤,谁的心就是铁打的,石头做的;我不愿意看见你遭受苦难;我一看见心里就悲伤。

普罗米修斯　在朋友们看来,我真是可怜啊!

歌队长　此外,你没有犯别的过错吧?

普罗米修斯　我使人类不再预料着死亡。

歌队长　你找到了什么药来治这个病呢?

普罗米修斯　我把盲目的希望放在他们心里。

歌队长　你给了人类多么大的恩惠啊!

普罗米修斯　此外,我把火也给了他们。

歌队长　怎么?朝生暮死的人类也有了熊熊的火了吗?

---

① 此处斥责希腊各城邦借人民力量夺得政权的僭主。

普罗米修斯　是啊;他们可以用火学会许多技艺。

歌队长　是不是为了这样的罪,宙斯才——

普罗米修斯　才迫害我,不让我摆脱苦难。

歌队长　你的苦难没有止境吗?

普罗米修斯　没有;除非到了他高兴的时候。

歌队长　什么时候他才高兴?你有什么希望?你看不出你有罪吗?可是说你有罪,我说起来没趣味,你听起来也痛苦。还是不提这件事;快想办法摆脱这苦难吧。 262

普罗米修斯　站在痛苦之外规劝受苦的人,是件很容易的事。我有罪,我完全知道;我是自愿的,自愿犯罪的;我并不同你争辩。我帮助人类,自己却遭受痛苦。想不到我会受到这样的惩罚:在这凌空的石头上消耗我的精力,这荒凉的悬岩就是我受罪的地方。

现在,请不要为我眼前的灾难而悲叹,快下地来听我讲我今后的命运,你们好从头到尾知道得清清楚楚。答应我,答应我,同情一个正在受难的神吧!苦难飘来飘去,会轮流落到大家身上。 276

歌队长　普罗米修斯,你的呼吁我们并不是不愿意听。我现在脚步轻轻,离开那疾驰的车子和洁净的天空——飞鸟的道路——来到这不平的地上;我愿意听你的苦难的整个故事。 283

〔歌队下了飞车,进入场中。

〔俄刻阿诺斯乘飞马自观众右方上。

俄刻阿诺斯　普罗米修斯,我骑着这飞得快的鸟儿——没有用缰辔控制,它就随着我的意思奔驰——到达了这长途的终点,来到了你这里;因为我,你要相信,很同情你的不幸。我认为是血族关系使我同情你;即使没有亲属关系,我也特别尊重你。你会知道这是真心话;我从来不假意奉承。告诉我怎样帮助你;你决不会说,你有一个比俄刻阿诺斯更忠实的朋友。

普罗米修斯　啊,怎么回事?你也来探视我的苦难吗?你怎么有胆量离开那由你而得到名字的河流,离开那石顶棚的天然洞穴,来到这铁的母亲①的地方?你是不是来看我的不幸的遭遇,对我的苦难表示同情和气愤?请看这景象,请看我,宙斯的朋友,曾经拥护他为王,如今却遭受苦难,被他压服了。

俄刻阿诺斯　我看见了,普罗米修斯;你虽然很精明,我还是要给你最好的忠告。

　　你要有自知之明,采取新的态度;因为天上已经立了一个新的君王。如果你说出这样尖酸刻薄的话,宙斯也许会听见,尽管他高坐在天上;那样一来,你现在为这些苦难而生的气就如同儿戏了。啊,受苦的神,快平息你现在的愤怒,想法摆脱这灾难吧!我这个忠告也许太陈腐了;但是,普罗米修斯,你的遭遇就是太夸口的报应。你现在还不谦逊,还不向灾难屈服,还想加重这眼前的灾难。你既看见一位严厉的、不受审查的②君王当了权,你就得奉我为师,不要伸腿踢刺棍③。

~~~~~~~~~~~~~~~~

① "铁的母亲",大地的诨号。斯库提亚在荷马时代就产铁。
② 古雅典执政官任期满时,须把帐目等交付审查。
③ 意即"不要反抗,自找苦吃"。"刺棍"为刺马赶牛的双尖头棍。

我现在去试试,看能否解除你的苦难。你要安静,不要太夸口。你聪明绝顶,难道不知道放肆的唇舌会招致惩罚吗?

329

普罗米修斯　你有胆量同情我的苦难,又没有受罪之忧①,我真羡慕你。现在算了吧,不必麻烦你了;因为他不容易说服,你绝对劝不动他。当心你这一去会给自己惹祸啊!

俄刻阿诺斯　你最善于规劝别人,却不善于规劝自己,这是我根据事实,不是根据传闻而得出的结论。我要去,请不必阻拦。我敢说,我敢说宙斯会送我一份人情,解除你的苦难。

339

普罗米修斯　你这样热心,我真是感激,永远感激。但请你不必劳神;即使你愿意,也是白费工夫,对我全没好处。你要安静,免得招惹祸事。我自己不幸,却不愿意大家受苦。不,决不;我的弟兄阿特拉斯②的命运已经够我伤心了,他向着西方站着,肩膀顶着天地之间的柱子③,重得很,不容易顶啊。当我看见那住在喀利喀亚④洞里的可怕的百头怪物,凶猛的提福斯⑤,地神的儿子,被暴力摧毁了的时候,我真是可

---

① 指俄刻阿诺斯不会受宙斯惩罚。许多校订者把"同情我的苦难"解作"与我同谋",但在第234行中普罗米修斯说他没有同谋者。
② 阿特拉斯,伊阿珀托斯和克吕墨涅之子。作者据赫西俄多斯说他和普罗米修斯是亲兄弟。他曾反抗宙斯。
③ 作者据荷马说宙斯罚阿忒拉斯去顶使天地分离的柱子,而不据赫西俄多斯说他被罚顶天。
④ 喀利喀亚,在小亚细亚东南部。
⑤ 提福斯,这个名字意为"火山口冒出的烟火",后指"尘土风",最后成为有好几个脑袋的怪物名。"百头"系夸张之辞。

怜他。他和众神对抗,可怕的嘴里发出恐怖的声音,眼里射出凶恶的光芒,就像要猛力打倒宙斯的统治权;可是宙斯的不眨眼的霹雳向着他射来,那猛扑的闪电冒出火焰,在他夸口的时候,使他大吃一惊;他的心受了伤,骨肉化成灰,他的力量被电火摧毁了。到如今他那无用的直挺的残尸还躺在海峡旁边,被压在埃特纳山①脚底下,赫淮斯托斯坐在那山顶上锻炼熔化了的铁;总有一天,那里会流出火焰的江河,那凶恶的火舌会吞没出产好果子的西西里的宽阔田地;那就是提福斯喷出的怒气化成的可怕的冒火的热浪,虽然他已经被宙斯的电火烧焦了。

你并不是没有阅历,用不着我来教训你。快保全你自己吧,你知道怎么办;我却要把这眼前的命运忍受到底,直到宙斯心中息怒的时候为止。

俄刻阿诺斯　难道你不知道,普罗米修斯,语言是医治恶劣心情的良药吗?

普罗米修斯　如果话说得很合时宜,不是用来强消臃肿的愤怒的,倒可以使心情平和下来。

俄刻阿诺斯　我这样热心,这样勇敢,你看有什么害处?告诉我吧。

普罗米修斯　那是徒劳,是天真的愚蠢。

俄刻阿诺斯　就让我害愚蠢的病吧;最好是大智若愚②啊。

---

① 埃特纳山,西西里东北部的火山。这里也许指公元前四七五年那一次爆发。
② "大智若愚",古希腊谚语。

普罗米修斯　我派你去,就像是我愚蠢。
俄刻阿诺斯　你这话分明是打发我回家。
普罗米修斯　是的;免得你为我而悲叹,招人仇恨。
俄刻阿诺斯　是不是招那刚坐上全能的宝座的神仇恨?
普罗米修斯　你要当心,别使他恼怒。
俄刻阿诺斯　普罗米修斯,你的灾难是个教训。
普罗米修斯　快走吧,回家去吧,好好保持着你现在的意见。
俄刻阿诺斯　你这样说,我就走了;我这只四脚鸟①用它的翅膀拍着天空中平滑的道路;它喜欢在家中的厩舍里弯着膝头休息。

〔俄刻阿诺斯乘飞马自观众右方退出。

---

① 指飞马。

四　第一合唱歌

歌　队　（第一曲首节）普罗米修斯，我为你这不幸的命运而悲叹，泪珠从我眼里大量滴出来，一行行泪水打湿了我的细嫩的①双颊。真是可怕啊，宙斯凭自己的法律统治，向前朝的神显出一副傲慢的神情②。　　405

（第一曲次节）现在整个世界都为你大声痛哭，那些住在西方的人③悲叹你的宗族④曾经享受的伟大而又古老的权力；那些住在神圣的亚细亚的人也对你的悲惨的苦难表同情。　　414

（第二曲首节）那些住在科尔喀斯⑤土地上的勇于作战的女子⑥和那些住在大地边缘、迈俄提斯湖畔的斯库提亚人也为你痛哭。⑦　　419

① 译文据洛布本。"细嫩的"哈里本作"柔和的"，为"泪水"的形容词。
② 或解作"傲慢地炫耀他的长矛"。
③ 此处抄本残缺。"那些住在西方的人"是校订家填补的，大概指意大利人。
④ 指提坦神。
⑤ 科尔喀斯，在黑海东岸，高加索山旁。
⑥ "女子"指阿玛宗人。阿玛宗人的意思是"无乳的女人"；据说这些女子割去右乳，以便开弓射箭。她们曾攻打阿提卡，并曾参加特洛亚战争。
⑦ 迈俄提斯，即亚速海。斯库提亚人是　支善战的游牧民族。"也为你痛哭"是补充的。

（第二曲次节）那驻在高加索附近山城上的敌军，阿拉伯武士之花，在尖锐的戈矛的林中呐喊，也对你表示同情。① （本节完） 424

〔我先前只见过一位别的提坦神戴着铁镣铐，忍受着同样的痛苦和侮辱，那就是阿忒拉斯，他的强大的体力不寻常，他背着天的穹隆在那里呻吟。〕② 430

（末节）海潮下落，发出悲声，海底在呜咽，下界黑暗的地牢在号啕，澄清的河流也为你的不幸的苦难而悲叹。 435

---

① "阿拉伯"洛布本作"阿里亚"，那是波斯王国的一个省份。"也对你表示同情"是补充的。
② 方括号里的一节诗大概是后人由埃斯库罗斯的别的剧本里移来的。抄本有误。"天的穹隆"据赛克斯本译出，哈里本作"天地之间的穹隆"。

五 第 二 场

普罗米修斯　我默默无言,不要认为我傲慢顽固。我眼看自己受这样的迫害,愤怒咬伤了我的心!

是谁把特权完全给了这些新的神?不是我,是谁?这件事不说了;因为我要说的,你们早已知道。且听人类所受的苦难,且听他们先前多么愚蠢,我怎样使他们变聪明,使他们有理智。我说这话,并不是责备人类忘恩负义,只不过表明一下我厚赐他们的那番好意。

446

他们先前视而不见,听而不闻;好像梦中的形影,一生做事七颠八倒;不知道建筑向阳的砖屋,不知道用木材盖屋顶,①而是像一群小蚂蚁,住在地底下不见阳光的洞里。他们不知道凭可靠的征象来认识冬日、开花的春季和结果的夏天,做事全没个准则;后来,我才教他们观察那不易辨认的星象的升沉。

458

我为他们发明了数学,最高的科学;还创造了字

---

① 据罗马作家老普林尼说,雅典的第一个砖屋是欧律阿洛斯和许珀耳比俄斯造的,木屋顶是代达洛斯发明的。"砖"指太阳晒成的砖。

母的组合来记载一切事情,①那是工艺的主妇,文艺
的母亲。我最先把野兽驾在轭下,给它们搭上护肩
和驮鞍,使它们替凡人担任最重的劳动;我更把马儿
驾在车前,使它们服从缰绳,成为富贵豪华的排场。
那为水手们制造有麻布翅膀的车来航海的也正是
我,不是别的神。 468

我为人类发明了这样的技艺,我自己,唉,反而
没有巧计摆脱这眼前的苦难。 471

歌队长　你忍受着屈辱和灾难;你失去了智慧,想不出办
法,像一个庸碌的医生害了病,想不出药来医治自
己,精神很颓丧。 475

普罗米修斯　等你听见了其余的话,知道我发明了一些
什么技艺和方术,你会更称赞我呢。人一害病就没
有救,没有药吃,没有药喝,也没有膏子敷,因为没有
药医治,就渐渐衰弱了。后来,我教他们配制解痛的
药,驱除百病。我还安排了许多占卜的方法,最先为
他们圆梦,告诉他们哪一些梦会应验;还有,那些偶
尔听见的难以理解的话和路上碰见的预兆②,我也
向他们解释了;爪子弯曲的鸟③的飞行,哪一种天然
表示吉兆,哪一种表示凶兆④,各种鸟的生活方式,

---

① 传说许多科学发明,如数学、灯塔、尺子、复子音等都是帕拉墨得斯发明
的。
② 指出行的人所遇见的鸟兽或其他物体所表示的预兆。
③ 指食肉鸟。
④ "吉兆"原文作"右方"。解释预兆的人面北而立,从右方得来的预兆是
吉祥的,从左方得来的预兆便是不祥的。"凶兆"原文作"吉兆",古希
腊人有所忌讳,不敢说不祥的词,因而转借这个词来代表"凶兆"。

彼此间的爱憎以及起落栖止,我也给他们分别得清清楚楚;它们心肝的大小,肝脏的斑点均匀不均匀,胆囊要是什么颜色才能讨神们喜欢,这些我都告诉了他们;罩上网油的大腿骨和细长的脊椎我都焚烧了①,这样把秘密的方术传给了人类;我还使他们看清了火焰的信号,这在从前是朦胧的②。这些事说得够详细了。至于地下埋藏的对人类有益的宝藏,金银铜铁,谁能说是他在我之前发现的?谁也不能说——我知道得很清楚——除非他信口胡说。请听我一句话总结:人类的一切技艺都是普罗米修斯传授的。 506

歌队长　不要太爱护人类而不管自身受苦;我相信你摆脱了镣铐之后会和宙斯一样强大。

普罗米修斯　可是全能的命运并没有注定这件事这样实现,要等我忍受了许多苦难之后,才能摆脱镣铐;因为技艺总是胜不过定数。 514

歌队长　那么谁是定数的舵手呢?

普罗米修斯　三位命运女神③和记仇的报复女神们④。

歌队长　难道宙斯没有她们强大吗?

---

① 据赫西俄多斯说,普罗米修斯曾教凡人把网油裹在骨头上面,欺骗宙斯,使他挑选骨头,不挑选旁边的肉。宙斯看穿了这诡计,但他还是挑选了骨头,借此惩罚普罗米修斯。
② 指普罗米修斯曾把凡人眼中翳障清除,使他们重见光明,看清楚献祭的火焰所表示的预兆。
③ 命运女神摩伊拉是三姐妹:克洛托(纺命运线)、拉刻西斯(分配命运)、阿忒洛波斯(扯断命运线)。
④ 报复女神们,命运女神的女仆,其职司是惩罚反抗命运女神者。

普罗米修斯　他也逃不了注定的命运。

歌队长　宙斯不是命中注定永远为王吗?

普罗米修斯　这个你不能打听,不要再追问了。

歌队长　你一定是保守着什么重大秘密。

普罗米修斯　谈谈别的事吧,这还不是道破的时机,我得好好保守秘密;因为只有这样,才能摆脱这些有伤我的体面的镣铐和苦难。

525

六　第二合唱歌

歌　队　（第一曲首节）愿宙斯，最高的主宰，不要用暴力打击我的愿望；愿我永远能在我父亲俄刻阿诺斯的滔滔的河流旁边杀牛祭神，献上洁净的肉；愿我不在言语上犯罪：这条规则我要铭刻在心，不要熔化了①。

（第一曲次节）假如这一生能常在可靠的希望中度过，这颗心能在欢乐中得到补养，这将是多么甜蜜啊！但是，看见你忍受这许多痛苦，我浑身战栗……②普罗米修斯，你不怕宙斯，意志坚强，但是你未免太重视人类了。

（第二曲首节）啊，朋友，你看，你的恩惠没有人感激；告诉我，谁来救你？哪一个朝生暮死的人救得了你？难道你看不出他们像梦中的形影那样软弱，盲目的人类是没有力量的吗？宙斯的安排凡人是无法突破的。

（第二曲次节）普罗米修斯，我看见你这可怕的

---

① 借喻。古希腊人在蜡板上刻字，蜡板易熔化，所刻的字不能持久。
② 此处残缺四个缀音。

命运,懂得了那条规则①。我现在听见的是不同的声调②啊,和那次我给你贺喜,绕着浴室和新床所唱的调子③多么不同啊!那时节你带着聘礼求婚,把我的姐妹赫西俄涅④接去做同衾的妻子。

560

---

① 指第一曲首节所说的规则。
② 指普罗米修斯的呻吟。
③ 古希腊男女结婚的时候要在女家用特别的泉水沐浴,在雅典他们用的是卡利洛厄泉水。唱婚歌的习惯是很古老的,这种歌队由青年男女组成,他们一共唱三次,第一次是在新郎新妇沐浴的时候,第二次是在迎亲的路上,第三次是在洞房外面。
④ 赫西俄涅,俄刻阿诺斯的女儿。

七　第　三　场①

〔伊俄②自观众左方上。

伊　俄　这是什么地方？什么民族？我眼前绑在石头上遭受风暴的是谁呀？你③犯了什么罪遭受惩罚,这样被毁灭？请你告诉我,我这可怜的人飘到了大地上什么地点了？哎呀,那牛虻又来叮我这不幸的人了,地神④呀,把它赶走吧！我看见了地生的阿耳戈斯的鬼影,千眼的牧人⑤！他又追来了,眼睛多么狡猾；甚至他死后大地都不能把他掩藏,他竟从死人那里来追赶我这不幸的人,使我在这海边的沙滩上忍饥受饿。

（抒情歌首节）他用蜡黏合的、声音响亮的排箫吹出催眠曲调⑥。哎呀呀,这漂泊,这艰难的漂泊要

---

① 这一场一方面使普罗米修斯见了不平的事更加气愤,另一方面使本剧和《普罗米修斯被释》衔接起来。这一场所提及的故事可以冲淡剧中的忧郁气氛,使观众暂时忘记剧中的痛苦的景象。公元前五世纪的希腊人不明白地理的形势,他们听见了这些远方的奇迹一定是很神往的。
② 伊俄出场时头上插两只牛角。
③ 或作"他"。
④ 抄本有误。或改作"宙斯"。
⑤ 看管伊俄的牧人阿耳戈斯有许多只眼睛。"千眼"是夸张。
⑥ 伊俄误把牛虻鼓翅声当作阿耳戈斯吹的排箫声。

把我带到哪里去？克洛诺斯的儿子①呀，你发现我犯了什么罪，把我驾在苦难的轭下，唉，使我这不幸的女子由于害怕牛虻的追赶而发狂？快把我烧死，或是埋在地下，或是给海里妖怪吃了吧，主上呀，不要拒绝我的请求！这长途的漂泊我已经受够了，不知怎样才能摆脱这灾难。（向普罗米修斯）你听见这长着牛角的女子的声音没有？　　　　　　　　588

普罗米修斯　我怎会没有听见这被牛虻追赶的少女，伊那科斯的女儿的声音？她用爱情引燃了宙斯心里的火焰，如今招赫拉嫉妒，被迫作长途的漂泊。

伊　俄　（次节）你怎么会知道我父亲的名字？告诉我这可怜的人吧，啊，不幸的神，你是谁？你怎么能正确地称呼我这不幸的女子？怎么会知道这天降的灾祸，这使我苦恼，哎呀，使我发疯的毒刺？我一跳一跳，饿得心慌，这样疯狂地跑到这里来，中了赫拉的毒计。唉，哪一个不幸的人像我这样受苦？请你明白告诉我，我还要受些什么苦难，有没有救，有没有医治的药？如果你知道，请你指出来！快说呀，快告诉我这不幸的漂泊的女子！　　　　　　　608

普罗米修斯　你想知道的这一切我都明白告诉你，我并不叫你猜谜，而是清清楚楚地讲出来，像朋友对朋友说话一样。你看，我就是把火送给人类的普罗米修斯。

伊　俄　啊，不幸的普罗米修斯，人类共同的施主，你怎

---

① 指宙斯。

么会受这样的苦难呢?

普罗米修斯　我已经停止悲叹我的苦难了。

伊　俄　你不给我这恩惠吗?

普罗米修斯　你说吧,你有什么要求;你可以从我这里打听一切。

伊　俄　告诉我,是谁把你绑在这峡谷边上的?

普罗米修斯　宙斯的意志,赫淮斯托斯的手。

伊　俄　你犯了什么罪,遭受惩罚? 620

普罗米修斯　我刚才给你的那点解释已经够了。

伊　俄　还请告诉我,我要漂泊到哪里为止,我这不幸的人还要受多久的罪呢?

普罗米修斯　你还是不知道为好。

伊　俄　请不要把我要受的苦难隐瞒起来。

普罗米修斯　我不是不愿意给你这恩惠。

伊　俄　那么你为什么拖延时间,不从头到尾告诉我呢?

普罗米修斯　我没有什么不愿意,只怕搅乱了你的心。

伊　俄　请不要太怜恤我,那不是我所希望的。

普罗米修斯　你急于要知道,我就告诉你;请听啊! 630

歌队长　(向普罗米修斯)等一等,让我听个痛快吧。我们先打听她的苦难,听她讲述她长途漂泊的经过;再让她从你那里知道未来的痛苦。

普罗米修斯　伊俄,给她们这恩惠吧,这是你的事;特别因为她们是你父亲的姐妹。只要能得到听众的眼泪,费一点时间悲叹我们的不幸,也值得啊。 639

伊　俄　我不知怎么拒绝你们;凡是你们想知道的事,你们都可以听我明白讲出来;可是提起这天降的灾难

的风暴,我模样的改变,以及这祸事为什么突然落到
我这不幸的人身上,我不免悲伤。 644

　　从前我闺房里时常有夜间的幻影出现,用甜言
蜜语引诱我说:"啊,十分幸福的女郎,当你能缔结
最美好的姻缘的时候,你为什么还要长期过处女生
活?宙斯中了你的爱情的箭,受伤发热,想同你在恋
爱上结合。啊,孩子,不要嫌弃宙斯的床榻,快到茂
盛的勒耳涅草地①上,你父亲的牛栏和牛群中去吧,
那么宙斯眼中的欲望就可以满足了。" 654

　　我这不幸的人夜夜被这样的梦纠缠;后来我鼓
着勇气,把夜间出现的可怕的梦告诉了我父亲。他
因此派遣了许多使者到皮托②和多多那③去问神,
应当做些什么事,说些什么话,才能讨众神欢喜。可
是他们带回来的是些晦涩难解、模棱两可的神谕。
最后,伊那科斯得到了一个明白的神示,那神示清清
楚楚告诉他,叫他把我赶出家门,赶出祖国,任凭我
到天涯地角漂泊;如果他不愿意,那火似的霹雳就会
从宙斯那里飞来,毁灭他的全家。 668

　　我父亲遵照洛克西阿斯④的神谕,把我赶出了
家门,彼此都不情愿;但是宙斯的嚼铁逼着他这样

---

① 勒耳涅草地,在伯罗奔尼撒平原东北阿耳戈利斯境内阿耳戈斯城附近。
② 皮托,德尔斐旧名,法律女神忒弥斯颁布神示地,也是阿波罗神庙所在地。在科任托斯海湾北岸福喀斯境内。
③ 多多那,在厄珀洛斯,宙斯神庙所在地。祭司借此地橡树间的风声来推测宙斯的意思。
④ 洛克西阿斯,阿波罗别名,他是宙斯和勒托之子,音乐、诗歌、预言、拯救之神,他的神庙在德尔斐。

做。我的模样和心情立即起了变化,头上长了角,像你看见的;我被那嘴很锋利的牛虻①刺伤了,疯狂地跳跃,跑到刻耳克涅亚的甜蜜的河水旁边和勒耳涅泉旁;②可是那地神生的牧人,性情粗暴的阿耳戈斯,却紧紧追赶我,张着无数的眼睛盯着我的脚迹;幸亏一个意外的命运突然结果了他的性命。③可是我依然被牛虻叮刺,在女神的折磨下,从一个地方被赶到另一个地方。 682

你已经听见了这些过去的事;如果你能道破未来的苦难,请你告诉我。不要怜恤我,不要用假话安慰我;掩饰的话,在我看来,是最有害的东西。 686

歌队长 哎呀呀,愿天神消灾弭难!我从来没有,从来没有想到我会听见这样奇怪的故事,这难看和难忍的苦难,侮辱和恐怖会像双尖头的刺棍刺得我心痛啊!哎呀,命运呀命运,看见伊俄的遭遇,我浑身战栗。

普罗米修斯 你悲叹得太早了,怕得太厉害了;等你听见了其余的苦难再说吧。

歌队长 你说吧,从头到尾告诉我吧!病人预先清清楚楚知道未来的痛苦,心就安了。 699

普罗米修斯 我很容易就满足了你们先前的要求;因为你们是想先听她叙述她遭遇的苦难。现在请听后一

~~~~~~~~~~

① 伊俄以为牛虻的刺长在嘴里。
② 刻耳克涅亚城和勒耳涅泉,在阿耳戈斯通往忒革亚的路旁,附近有勒耳涅草地,草地中间有勒耳涅河。
③ 指赫耳墨斯吹排箫催他入睡后,砍下了他的头。

部分,这女子还要在赫拉手中忍受的痛苦。伊那科斯的女儿啊,你把我的话记在心里,就可以知道你的漂泊的终点。 706

首先,从这里折向日出的方向,走过那没有开垦的草原;然后去到斯库提亚的游牧民族那里,他们高高地住在平稳的车上的柳条屋里,背上背着远射的弓;不要挨近他们,顺着那波浪冲击的海岸穿过他们的土地。 713

左边住着制造铁器的人,叫作卡吕柏斯人①,你要防备他们;因为他们是野蛮人,不让外人接近。然后你去到那名不虚传的暴河②旁边,切不要过河;因为那是不容易泅过的,等你爬上高加索山③再说,那是最高的山,那条河④从那悬崖上猛冲下来。你翻过那接近星宿的山顶,继续往南,走到憎恨男子的阿玛宗人⑤那里,她们日后要搬到忒耳摩冬河⑥畔的忒弥斯库拉城居住,萨尔密得索斯⑦在那里对着海张开锯齿般的嘴,那是水手的险恶停留地,海船的后母;好在那些女子会高高兴兴给你带路。 728

---

① 卡吕柏斯人,住在黑海南边。但从文中看,则在黑海北边。这一段所述伊俄的漂泊路线不很清楚。
② 暴河,古代注释者说是阿剌克塞斯河(今阿拉斯河,在亚美尼亚境内),现代注释者说是玻律斯特涅斯河(今第聂伯河),也许是想象的河。
③ 指黑海北边的高加索山。
④ 指暴河。
⑤ 阿玛宗人住在黑海东北,作者却说在黑海北边。
⑥ 忒耳摩冬河,在黑海东南。
⑦ 萨尔密得索斯,在黑海西岸,作者却说在北岸。

然后你走到湖泊①的窄门旁边的铿墨里科斯地峡②,壮着胆子离开那里,再洄过迈俄提斯海峡;你从那里洄过去,会永远被人称道,那海峡将由你而得到名字,叫作牛津③。然后你离开欧罗巴,到达亚细亚大陆。

　　(向歌队)你们不认为神中间的君王对谁都很残暴吗?这位天神想同这个凡人结合,竟逼着她到处漂泊。

　　(向伊俄)啊,女郎,你碰上了一个多么残忍的求婚者啊!你现在听见的话,你要知道,还算不得一个引子呢。

伊　俄　哎呀,哎呀!
普罗米修斯　你又在痛哭,又在呻吟;等你知道了其余的苦难,又将怎样呢?
歌队长　还有别的苦难要告诉她吗?
普罗米修斯　还有致命的苦难,像狂暴的大海一样。
伊　俄　我活着有什么好?为什么不快从这悬崖上跳下去,和地面一撞,就此摆脱这一切苦难?一下子死了,比一生受苦好啊!
普罗米修斯　你难忍受我这样的痛苦;因为我命中注定是不死的;死了倒解脱了苦难。宙斯的王权不打倒,我的苦难就没有止境。
伊　俄　宙斯的权力是打得倒的吗?

---

① 指迈俄提斯湖(亚速海)。
② 铿墨里科斯地峡,陶里克半岛(今克里米亚)和陆地相连处的地峡。
③ 牛津,音译"玻斯波洛斯"。黑海西南还有一个海峡叫牛津,在《乞援人》中,伊俄又从这里下海。

37

普罗米修斯 看见他倒霉,我想,你一定高兴。

伊　俄 既然受了宙斯的害,我看见他倒霉,怎么不高兴呢?

普罗米修斯 你要相信,事情就是如此。

伊　俄 是谁来夺去他的王权呢?

普罗米修斯 他自己和他的愚蠢的企图。

伊　俄 怎么回事?如果不妨事,请你告诉我。

普罗米修斯 他要结婚,那会使他懊悔的。

伊　俄 同神女,还是同凡人结婚?如果说得,请你告诉我。 765

普罗米修斯 为什么问同谁结婚?这件事是说不得的。

伊　俄 他会被他的妻子推下宝座吗?

普罗米修斯 他会被她推下宝座;因为她会生一个儿子,儿子比父亲强大。

伊　俄 他逃不过这厄运吗?

普罗米修斯 逃不过,除非他使我摆脱了镣铐。 770

伊　俄 谁来违反宙斯的意思把你放了呢?

普罗米修斯 你的后代子孙。

伊　俄 你说什么?我的孩子能解除你的苦难吗?

普罗米修斯 他能解除,他是你的十代以后第三代的人。

伊　俄 你这个预言不好懂。

普罗米修斯 那就不必打听你的苦难了。

伊　俄 你给了我这恩惠,不要又收回。

普罗米修斯 这两件事,我只能告诉你一件。

伊　俄 哪两件?请你摊出来,让我挑选。 779

普罗米修斯 我答应;你要我把你未来的灾难,还是把我

歌队长　这两件恩惠,你给她一件,给我一件,请不要拒绝;把她的未来的漂泊告诉她,把你的释放者告诉我,我很想知道呢。

普罗米修斯　既然你们的愿望是这样殷切,我就不拒绝你们,把你们想知道的事统统告诉你们。

　　我先告诉你,伊俄,你将怎样被牛虻追赶,到处漂泊,你把这些话刻在你的记事的心板上吧。

　　你泅过那两大陆分界的海峡①之后,朝着太阳升起的火光熊熊的东方走去,……②你泅过那澎湃的大海③之后,到达戈耳戈④的喀斯忒涅平原,那里住着福耳库斯的女儿们⑤,三个老姑娘,样子像天鹅,三人共有一颗牙齿一只眼睛;太阳不放光亮照她们,月亮夜里也不照她们⑥。她们还有三个有翅膀的姐妹住在她们旁边,就是蛇头发的戈耳戈,人类所

---

① 指迈俄提斯海峡。
② 此行无动词,"走去"系后人所加。后面缺数行,有人把一段残诗移到此处,大意是:"直到你进入玻瑞阿斯(北风神)的女儿们的土地,当心暴风把你从地上抢走,用狂烈的旋风把你载走。"
③ 指黑海。
④ 戈耳戈一共三姐妹:斯忒诺、欧律阿勒、墨杜萨。她们为蛇发,有翼和脚爪。谁见到墨杜萨,就会化作石头。她们住在利彼亚(即非洲),但作者说她们住在喀斯忒涅,在大地边缘,即东方。
⑤ 福耳库斯,海神。他的三个女儿是格赖埃,意即白发女人。她们是珀佛瑞多、厄倪俄和得诺。三姐妹轮流使用一颗牙齿和一只眼睛。戈耳戈三姐妹也是福耳库斯的女儿。但"福耳库斯的女儿们"一般指格赖埃。
⑥ 格赖埃三姐妹住在黑暗无光的西方,作者说她们在东方,但同样不见天日。

憎恨的怪物①,人一看见她们就活不成;我吩咐你当心这危险。 801

请听另一种可怕的景象。你要防备宙斯的不叫唤的尖嘴狗格律普斯②,防备那些独眼人,骑马的阿里马斯波斯人③,他们住在普路同④的冲出沙金的河流旁边;不要挨近他们。然后你去到黑种人的遥远的土地上,他们居住在太阳的水泉⑤旁边,埃提俄普斯河⑥就在那里。你沿着河岸下行,走到瀑布⑦旁边,尼罗在那里从彼布利涅山⑧下放出甜蜜的神水。它会引导你到尼罗提斯三角洲⑨;伊俄,命运注定你和你的儿孙在那里建立一个遥远的家⑩。 815

(向歌队长)如果我的话有不清楚不好懂的地方,你再问个明白;我现在有的是闲暇,比我所想望的多得多。 818

歌队长 关于她的长途的漂泊,若是你有剩余的或者漏

---

① 或解作"憎恨人类的怪物"。
② 格律普斯,狮身、鹰嘴、有翼,看守印度的黄金,后看守北欧的黄金,作者则说它们在东南方。
③ 阿里马斯波斯人,住在斯库提亚北部,作者说他们住在东南方。据希罗多德说,他们曾骑马去盗取格律普斯看守的黄金。
④ 普路同,财神。作为河神已不可考。可能系作者虚构。
⑤ 大概指北非沙漠中安蒙庙旁的太阳泉。
⑥ 埃提俄普斯河,大概指尼罗河的支流。
⑦ 瀑布,原文是"倾斜处"。尼罗河有十处倾斜处。这一处在下游,菲勒附近,现名舍拉尔。
⑧ 彼布利涅山,已不可考。
⑨ 古代尼罗河分七条入海,水道间的三角洲叫尼罗提斯。
⑩ "家"指卡诺玻斯,是伊俄漂泊的终点。

掉的话要讲,请你快讲;若是你已经讲完了,请给我
们一件恩惠,那是我们所要求的,你该还记得。

普罗米修斯　她已经听我讲完了她的整个路程;我现在
追述她到达这里之前所受的苦难,证明我的话可靠,
使她知道她从我这里听见的不是假话。

　　(向伊俄)大部分故事放下不讲,只追述你的漂
泊的最后一程。

　　你曾去到摩洛西亚平原①,去到群山环绕的多
多那,那里有忒斯普洛提亚②的宙斯的神托所和难
以使人相信的奇树,会说话的橡树,它曾清清楚
楚——一点不含糊——称呼你作宙斯未来的有名的
妻子,这件事你还记得吗?③　　　　　　　　　835

　　你受了牛虻叮刺,从那里由海边小路到达瑞亚
的大海湾④,你在那里遇着风暴又折了回来;⑤你要
相信,日后那海湾将改称伊俄尼亚,全世界的人会这
样纪念你的旅行。

　　这段话是我的智力的标记,表示它比肉眼看
得深。

　　(向歌队)其余的话我讲给你们和她一块儿听,
我要回头接着前面的故事讲下去。　　　　　　845

　　(向伊俄)在陆地边缘,尼罗河口的沙洲上,有

---

① 摩洛西亚平原,在希腊西北部厄珀洛斯境内阿刺克托斯河西岸。
② 忒斯普洛提亚,在厄珀洛斯境内。
③ 译文据古注。或解作:"这件事使你高兴吧!"
④ 瑞亚的大海湾,即伊俄尼亚海湾(今亚得里亚海湾)。瑞亚,天和地的女
　儿,提坦神,宙斯的母亲。
⑤ 伊俄折向北,去斯库提亚。

一座城,叫作卡诺玻斯①;宙斯将在那里用他的温柔的手触你摸你,使你恢复本性②。你将生黑皮肤的厄帕福斯,由宙斯那样生他而得到名字③;他将收获尼罗河洪水灌溉的土地上结的果实④。到了第五代,将有五十个少女被迫回到阿耳戈斯,避免和她们的堂兄弟结婚;他们满怀情欲,将像鹞鹰紧紧追赶鸽子一样,前来追求那不该追求的婚姻⑤;可是天神不让他们占有她们的身体。珀拉斯癸亚⑥将接待她们,在夜里,她们将鼓起女子的杀人勇气把他们杀死。每一个新娘将把双刃剑刺进她丈夫的喉头,结果他的性命——但愿库普里斯⑦这样对付我的仇敌!可是其中一个女子将被爱情迷住,她的决心的锋芒将变钝,不杀她的丈夫;⑧她将选择两种恶名之一,被人叫作怯懦的女人,而不被叫作凶手;她将在阿耳戈斯生一支王族。这件事要说清楚话很长。从

---

① 卡诺玻斯,在亚历山大里亚城东约三公里,传说系荷马时代希腊英雄墨涅拉俄斯所建。
② 可能指伊俄由疯狂恢复本性,但未说她恢复人形。
③ "厄帕福斯"这个名字意为"触摸而生"。
④ 指厄帕福斯将成为埃及国王。
⑤ 厄帕福斯的曾孙达那俄斯害怕他的孪生兄弟埃古普托斯及其五十个儿子,带着自己的五十个女儿逃到了伊俄的故乡阿耳戈斯。作者的《乞援人》写这个故事。
⑥ 珀拉斯癸亚,狭义指阿耳戈斯,广义指伯罗奔尼撒。
⑦ 库普里斯,司爱与美的女神阿佛洛狄忒的别名。
⑧ 达那俄斯叫他的五十个女儿杀他的五十个侄儿(也是她们的丈夫),只有他的长女许珀耳涅斯特拉不忍杀她的丈夫林叩斯。后来林叩斯杀死达那俄斯。

她的种族里,将出生一个英雄,著名的弓箭手①,他将救我脱离苦难。这就是我的古老的母亲,提坦神忒弥斯,告诉我的预言;至于详细情形说来话长,你听了也没有好处。

伊俄　哎呀,哎呀!这痉挛,这疯狂又发作了!那牛虻的不是铁打的箭头刺伤了我;我的心由于恐惧,向着我的胸膛乱撞,我的眼珠不住地旋转。疯狂的风暴把我吹出了航道②,我的舌头控制不住了。这些浑浊的话向着那可怕的疯狂的波浪乱冲乱撞。

〔伊俄自观众左方急下。

---

① 指赫剌克勒斯,他射死那只鹰,释放普罗米修斯。
② 伊俄把自己比作一辆车子,这车子却像一只船被风吹翻了。伊俄在说疯话,所以把比喻用乱了。

八　第三合唱歌

歌　队　（首节）那首先在心里探索到这个真理,把它讲出来的人真是聪明,真是聪明！他叫我们最好和门当户对的人结亲,一个穷苦的人不要去高攀奢侈的暴发户或骄傲的贵族世家。　　　893

（次节）……①啊,命运女神们,愿你们不至于看见我成为宙斯的同床的妻子,愿我不至于嫁给天上的新郎；因为我看见伊俄,那憎恨丈夫的女子,受尽苦难,被赫拉逼迫,到处漂泊,我心里很害怕。　　900

（末节）我重视门当户对的婚姻,那没有什么可怕；但愿那些谈情说爱的强大的神不要向着我射出那无法躲避的目光。那是一种绝望的挣扎,一件无法应付的事；也不知将来的结果怎么样,我没有办法逃避宙斯的诡计。　　906

---

① 此处残缺三个缀音。

九 退 场

普罗米修斯 可是宙斯是会屈服的,不管他的意志多么倔强;因为他打算结一个姻缘,那姻缘会把他从王权和宝座上推下来,把他毁灭;他父亲克洛诺斯被推下那古老的宝座时发出的诅咒,立刻就会完全应验。除了我,没有一位神能给他明白地指出一个办法,使他避免这灾难。这件事将怎样发生,这诅咒将怎样应验,只有我知道。且让他安心坐在那里,手里挥舞着喷火的霹雳,信赖那高空的雷声吧。可是这些东西都不能使他避免那可耻的不堪忍受的失败。他现在要找一个对手,一个无敌的怪物来和他自己作对;这对手会发现一种比闪电更强的火焰和一种比霹雳更大的声音;他还会把海神①的武器,那排山倒海的三叉打得粉碎。等宙斯碰上了这场灾祸,他就会明白做君王和做奴隶有很大的不同。 927

歌队长 你这样咒骂宙斯,这不过是你的愿望罢了。

普罗米修斯 我说的是事实,也是我的愿望。

歌队长 怎么?我们能指望一位神来控制宙斯吗?

---

① 海神,波塞冬,宙斯的哥哥。

普罗米修斯　他脖子上承受的痛苦①将比这些更难受。

歌队长　你说这样的话,不害怕吗?

普罗米修斯　我命中注定死不了,怕什么呢?

歌队长　可是他会给你更大的苦受。

普罗米修斯　随他去吧;一切事我都心中有数。

歌队长　那些向惩戒之神②告饶的人才是聪明的!　　　936

普罗米修斯　那么你就向你的主子致敬、祈祷,永远奉承他吧!我却一点也不把宙斯放在眼里!他打算怎么样就怎么样吧,让他统治这短促的时辰吧;因为他在神中为王的日子不会长久。

　　我看见了宙斯的走狗,新王的小厮,他一定是来宣布什么新的命令的。　　　943

〔赫耳墨斯自空中下降。

赫耳墨斯　你这个十分狡猾、满肚子怨气的家伙,我是在说你——你得罪了众神,把他们的权利送给了朝生暮死的人,你是个偷火的贼;父亲叫你把你常说的会使他丧失权力的婚姻指出来;告诉你,不要含糊其词,要详详细细讲出来;普罗米修斯,不要使我再跑一趟;你知道,含含糊糊的话平不了宙斯的愤怒。　　　952

普罗米修斯　你说话多么漂亮,多么傲慢,不愧为众神的小厮。

---

① 以牛马戴轭为喻。
② 惩戒之神涅墨西斯,她折磨过于幸福的人,惩罚犯罪的人,那些言行不检的高傲的人也遭受她的惩罚。她又名阿德剌斯忒亚,古希腊人说了什么傲慢的话之后,总要说"向阿德剌斯忒亚告饶",以免遭受这位女神的惩罚。歌队长听见普罗米修斯说了傲慢的话,因此这样说。

你们还很年轻,才得势不久,就以为你们可以住在那安乐的卫城上吗?难道我没有看见两个君王从那上面被推翻①吗?我还要看见第三个君王,当今的主子,很快就会不体面地被推翻。你以为我会惧怕这些新得势的神,会向他们屈服吗?我才不怕呢,绝对不怕。快顺着原路滚回去吧;因为你问也问不出什么来。

赫耳墨斯　你先前也是由于这样顽固,才进入了这苦难的港口。

普罗米修斯　你要相信,我不肯拿我这不幸的命运来换你的贱役。

赫耳墨斯　我认为你伺候这块石头,比做父亲宙斯的亲信使者强得多。

普罗米修斯　傲慢的使者自然可以说傲慢的话。

赫耳墨斯　你在目前的境况下好像还很得意。

普罗米修斯　我得意吗?愿我看我的仇敌这样得意,我把你也计算在内。

赫耳墨斯　怎么?你受苦,怪得着我吗?

普罗米修斯　一句话告诉你,我憎恨所有受了我的恩惠,恩将仇报,迫害我的神。

赫耳墨斯　听了你这话,知道你的疯病不轻。

普罗米修斯　如果憎恨仇敌也算疯病,我倒是疯了。

赫耳墨斯　你要是逢时得势,别人还受得了!

普罗米修斯　唉!

---

① 指乌剌诺斯与克洛诺斯,前者被后者推翻,后者被宙斯推翻。

赫耳墨斯　宙斯从来不认识这个"唉"字。

普罗米修斯　但是越来越久的时间会教他认识。

赫耳墨斯　但是它没有教会你自制。

普罗米修斯　它没有教会我,否则,我就不会同你这小厮搭话。

赫耳墨斯　你好像不回答父亲所问的事。

普罗米修斯　我欠了他的情,应当报答!①

赫耳墨斯　你把我当孩子讥笑。

普罗米修斯　如果你想从我这里打听什么,你岂不是个孩子,岂不比孩子更傻吗?宙斯无法用苦刑或诡计强迫我道破这个秘密,除非他解开这侮辱我的镣铐。

　　让他扔出燃烧的电火吧,让他用白羽似的雪片和地下响出的雷霆使宇宙紊乱吧;可是这一切都不能强迫我告诉他,谁来推翻他的王权。

赫耳墨斯　你要考虑这样对你是不是有利。

普罗米修斯　我早就考虑过了,而且下了决心。

赫耳墨斯　傻子,面对着眼前的苦难,你尽可能,尽可能放明白一点吧。

普罗米修斯　你白同我纠缠,好像劝说那无情的波浪一样。别以为我会由于害怕宙斯的意志而成为妇人女子,伸出柔弱的手,手心向上,求我最痛恨的仇敌解开我的镣铐;我决不那样做。

赫耳墨斯　这许多话都像是白说了;因为我的请求没有使你的心变温和或软下来。你像一匹新上轭的马驹

---

① 这是一句反话。

嚼着嚼铁,桀骜不驯,和缰绳挣扎。你太相信你那不中用的诡计了。一个傻子单靠顽固成不了事。

如果你不听我的话,你要注意,什么样的风暴和灾难的第三重浪①会落到你身上,逃也逃不掉:首先,父亲将用雷电把这峥嵘的峡谷劈开,把你的身体埋葬,这岩石的手臂依然会拥抱着你。你在那里住满了很长的时间,才能回到阳光里来;那时候宙斯的有翅膀的狗,那凶猛的鹰,会贪婪地把你的肉撕成一长条一长条的,它是个不速之客,整天吃,会把你的肝啄得血淋淋的。

不要盼望这种痛苦是有期限的,除非有一位神来替你受苦,自愿进入那幽暗的冥土和漆黑的塔耳塔洛斯深坑。

所以,你还是考虑考虑吧;这不是虚假的夸口,而是真实的话;因为宙斯的嘴是不会说假话的;他所说的话都是会实现的。你仔细思考,好生想想吧,不要以为顽固比谨慎好。

歌队长　在我们看来,赫耳墨斯这番话并不是不合时宜;他劝你改掉顽固,采取明哲的谨慎。你听从吧,聪明的神犯了错误,是一件可耻的事。

普罗米修斯　这家伙所说的消息我早已知道。仇敌忍受仇敌的迫害算不得耻辱。让电火的分叉鬈须射到我身上吧,让雷霆和狂风的震动扰乱天空吧;让飓风吹得大地根基动摇,吹得海上的波浪向上猛冲,搅乱了

---

① 即最大的浪。

> 天上星辰的轨道吧,让宙斯用严厉的定数的旋风把我的身体吹起来,使我落进幽暗的塔耳塔洛斯吧;总之,他弄不死我。 1053

赫耳墨斯　只有从疯子那里才能听见这样的语言和意志。他这样祈祷不就是神经错乱吗?这疯病怎样才能减轻呢?

　　你们这些同情他的苦难的女子啊,赶快离开这里吧,免得那无情的霹雳震得你们神志昏迷。 1062

歌队长　请你说别的话,劝我做你能劝我做的事吧;你插进这句话,使我受不了!为什么叫我做这卑鄙的事呢?我愿意和他一起忍受任何注定的苦难;我学会了憎恨叛徒,①再也没有什么恶行比出卖朋友更使我恶心。

赫耳墨斯　可是你们记住我发出的警告吧;当你们陷入灾难的罗网的时候,不要抱怨你们的命运,不要怪宙斯把你们打进事先不知道的苦难;不,你们要抱怨自己;因为你们早就知道了,你们不是不知不觉,而是由于你们的愚蠢才被缠在灾难的解不开的罗网里的。 1079

〔赫耳墨斯自空中退出。

普罗米修斯　看呀,话已成真:大地在动摇,雷声在地底下作响,闪电的火红的鬓须在闪烁,旋风卷起了尘土,各处的狂风在奔腾,彼此冲突,互相斗殴;天和海

---

① 有些注释者认为这句话大概影射当时的忒弥斯托克勒斯,他本是萨拉弥斯之役的英雄,后来叛离希腊,去了波斯。但这只是揣测。

已经混淆了!这风暴分明是从宙斯那里吹来吓唬我的。我的神圣的母亲啊,推动那普照的阳光的天空啊,你们看见我遭受什么样的迫害啊!① 1093

〔普罗米修斯在雷电中消失,歌队也跟着不见了。②

---

① 希腊悲剧结尾的诗通常不是由主要人物诵出的,以免扰乱宁静的收场。本剧结尾的诗却由普罗米修斯诵出,因为歌队大概要随着他消失,没有机会诵最后一段诗。
② 普罗米修斯大概落到剧场中的地道里去了,这地道原是供下界鬼神出入之用的。至于歌队的命运,剧中没有点明白。这些少女愿意同普罗米修斯一起受苦,她们可能随着他落进塔耳塔洛斯。但是作者也许不至于叫那些无辜的女子遭受这样大的苦难;她们大概围绕着普罗米修斯,直到崖石下落的时候,她们才从两旁分散。

阿伽门农

此剧本根据弗伦克尔(Edward Fraenkel)校订的《埃斯库罗斯的阿伽门农》(*Aeschylus：Agamemnon*, Oxford, 1950)古希腊文译出,并参考了黑德勒姆(Walter Headlam)校订的《埃斯库罗斯的阿伽门农》(*Agamemnon of Aeschylus*, Cambridge, 1952)和丹尼斯顿(J. D. Denniston)与佩治(D. Page)校订的《埃斯库罗斯的阿伽门农》(*Aeschylus：Agamemnon*, Oxford, 1957)两书的注解,以及洛布(Loeb)古典丛书的版本。

场　次

一	开场(原诗第 1 至 39 行)	58
二	进场歌(原诗第 40 至 257 行)	61
三	第一场(原诗第 258 至 354 行)	69
四	第一合唱歌(原诗第 355 至 488 行)	74
五	第二场(原诗第 489 至 680 行)	79
六	第二合唱歌(原诗第 681 至 782 行)	87
七	第三场(原诗第 783 至 974 行)	90
八	第三合唱歌(原诗第 975 至 1034 行)	98
九	第四场(原诗第 1035 至 1330 行)	100
一〇	抒情歌(原诗第 1331 至 1342 行)	113
一一	第五场(原诗第 1343 至 1576 行)	114
一二	退场(原诗第 1577 至 1673 行)	123

人　物

（以上场先后为序）

守望人——阿耳戈斯兵士。

歌队——由十二个阿耳戈斯长老组成。

仆人数人——阿耳戈斯王宫的仆人。

克吕泰墨斯特拉①——阿伽门农的妻子，埃癸斯托斯的情妇。

传令官——阿伽门农的传令官。

阿伽门农——阿耳戈斯和密刻奈②的国王。

侍女数人——克吕泰墨斯特拉的侍女。

卡珊德拉——阿伽门农的侍妾，特洛亚女俘虏。

埃癸斯托斯——阿伽门农的堂弟兄。

卫兵若干人——埃癸斯托斯的卫兵。

布　景

阿耳戈斯王宫前院，宫前有神像和祭坛。

---

① 克吕泰墨斯特拉，斯巴达国王廷达瑞俄斯和勒达之女，海伦的异父同母姐妹。
② 密刻奈，在伯罗奔尼撒东北阿耳戈利斯境阿耳戈斯城北不远。

时 代

英雄时代①。

---

① 特洛亚失陷据说在公元前一一八四年。此指公元前十二世纪初。

一 开　　场

〔守望人在王宫屋顶上出现①。

守望人　我祈求众神解除我长年守望的辛苦，一年来我像一头狗似的，支着两肘趴在阿特柔斯的儿子们②的屋顶上；这样，我认识了夜里聚会的群星，认识了那些闪烁的君王③，他们在天空很显眼，给人们带来夏季和冬天。今夜里，我照常观望信号火炬——那火光将从特洛亚带来消息，报告那都城的陷落④——因为一个有男人气魄、盼望胜利的女人的心⑤是这样命令我的。当我躺在夜里不让我入睡的、给露水打湿了的这只榻上的时候——连梦也不

---

① 古希腊剧场的表演处是个圆场，观众坐处是个斜坡，与观众坐处相对的是个很高的换装处建筑（旧称"舞台建筑"）。守望人自换装处建筑的阳台上出现（这阳台代表屋顶）。
② 指阿伽门农和他的弟弟墨涅拉俄斯。阿耳戈斯和密刻奈是他俩共有的都城。
③ "群星"与"君王"相对。古希腊人认为星有生命，用其生存表示四季交替并把四季带到人间。第 7 行系伪作，删去，大意是："星星，当他们下沉，和他们的上升。"
④ 因希腊先知卡尔卡斯（忒斯托耳之子）曾预言特洛亚将在第十年陷落。"信号火炬"指为报信而燃起的火堆，远看像火炬。
⑤ "女人的心"指克吕泰墨斯特拉，阿伽门农出征后由她摄政。

来拜望,因为恐惧代替睡眠站在旁边,使我不能紧闭着眼睛睡一睡,当我想唱唱歌,哼哼调子,挤一点歌汁来医治我的瞌睡病①的时候,我就为这个家的不幸而悲叹,这个家料理得不像从前那样好了。但愿此刻有火光在黑暗中出现,报告好消息,使我侥幸地摆脱这辛苦!

〔片刻后,远处有火光出现。

欢迎啊,火光,你在黑夜里放出白天的光亮,②作为发动许多阿耳戈斯歌舞队的信号,庆祝这幸运!

哦嗬,哦嗬!

我给阿伽门农的妻子一个明白的信号,叫她快快从榻上起来,在宫里欢呼,迎接火炬;因为伊利昂③的都城已经被攻陷了,正像那信号火光所报道的;我自己先舞起来④;因为我的主人这一掷运气好,该我走棋子了;这信号火光给我掷出了三个六。⑤

愿这家的主人回来,我要用这只手握着他的可爱的胳臂。其余的事我就不说了,所谓一头巨牛压

---

① 以女巫挤植物的汁配药为喻。
② 或解作"黑夜的火光,你闪出白昼的光亮"。
③ 伊利昂,特洛亚的别名。
④ 守望人在屋顶上跳舞,随即停止。本剧校订者弗伦克尔却以为是守望人将在庆祝会上,趁克吕泰墨斯特拉还没有发出信号叫大家跳舞,他就舞起来。
⑤ 以下棋为喻。哥本哈根现存一个古希腊棋盘,上面有九条线,每条线两端有棋子,共十八个;棋手掷骰子走棋,掷出三个六点,大概就算胜利。此处"主人"指阿伽门农。"该我走棋子了"指守望人到克吕泰墨斯特拉那里去报信,希望得到奖赏。

住了我的舌头①;这宫殿,只要它能言语,会清清楚楚讲出来;我愿意讲给知情的人听;对不知情的人②,我就说已经忘记了。

〔守望人自屋顶退下。

---

① 不是指被金钱(印着牛像的钱币)收买,而是指他有所畏惧,舌头像被一个极重的东西压住了,不能说话。
② "知情的人"与"不知情的人"指守望人想象中听他讲话的人。

二 进 场 歌

〔众仆人自宫中上,他们把宫前祭坛上的火点燃①,然后进宫。歌队自观众右方进场②。

歌　队　(序曲)如今是第十年了,自从普里阿摩斯的强大的原告,墨涅拉俄斯王和阿伽门农王,阿特柔斯的两个强有力的儿子——他们光荣地保持着宙斯赐给他们的两个宝座、两根王杖——从这地方率领着一千船阿耳戈斯军队③,战斗中的辩护人④出征以来,他们当时愤怒地叫嚷着要进行大战,好像兀鹰因为丢了小雏儿伤心到极点,拿翅膀当桨划,在窝⑤的上

---

① 克吕泰墨斯特拉得到消息后,即下令全城举行祭祀,并叫长老们(歌队)前来听消息。
② 古雅典剧场里人物的上下场要遵守一定的习惯,一个从市场里(亦即城里)或海上来的人物应自观众右方上。一个从乡下来的人物应自观众左方上,一个到市场里或海上去的人物应自观众右方下,一个到乡下去的人物应自观众左方下。自第40至103行是短短长格,歌队踏着这节奏进场,并在场中绕行。
③ 荷马的《伊利亚特》说,共有一千一百八十六艘船。修昔的底斯说是一千二百艘。
④ "辩护人"是法律名词,歌队把希腊和特洛亚比作诉讼的两方,把阿耳戈斯(即希腊)战士比作法庭上的原告的辩护人。
⑤ "窝"原文也作"床"解,意思双关,暗指墨涅拉俄斯的空床。

空盘旋;因为它们为小鸟抱窝的辛苦算是白费了;多亏那高处的神——阿波罗,或是潘①,或是宙斯——听见了鸟儿的尖锐的悲鸣,可怜这些侨居者,②派遣了那迟早要报复的厄里倪斯③来惩罚这罪行。那强大的宙斯,宾主之神④,就是这样派遣了阿特柔斯的儿子们去惩罚阿勒克珊德洛斯⑤;他为了一个一嫁再嫁的女人的缘故,将要给达那俄斯人⑥和特洛亚人带来许多累人的搏斗,一开始就叫他们的膝头跪在尘沙里⑦,戈矛折成两截。

事情现在还是那样子,但是将按照注定的结果而结束;任凭那罪人⑧焚献牺牲,或是奠酒,或是献上不焚烧的祭品,⑨也不能平息那强烈的愤怒。

我们因为身体衰弱,不能服兵役,被那前去作辩

---

① 潘,赫耳墨斯的儿子,为牧神、山林之神、保护禽兽的神。
② "可怜"是后人补订的,原诗大概有残缺。阿波罗和宙斯住在俄林波斯高山上,潘住在阿耳卡狄亚的高山上,兀鹰也住在高山上,故此处称兀鹰为"侨居者",有如寄居在雅典的侨民。
③ 厄里倪斯,报仇女神,地或夜的女儿,头缠毒蛇,眼滴鲜血。据说是三姐妹(一说不只三人),她们惩罚一切罪行,特别是杀人罪。
④ 宙斯保护宾客及主人的权利,故称他为"宾主之神"。
⑤ 阿勒克珊德洛斯,帕里斯的别名。帕里斯到阿耳戈斯,阿伽门农和墨涅拉俄斯曾尽地主之谊款待他,他却拐走墨涅拉俄斯的妻子海伦,犯了不尊重主人罪及诱奸罪。
⑥ 达那俄斯人,狭义指阿耳戈斯人,广义指希腊人。
⑦ 即倒地之意。
⑧ 指帕里斯。
⑨ 古希腊人把牺牲的骨头裹在油脂里焚烧来祭天上的神。"奠酒"指把酒奠在正在焚烧的骨头上。以上两种是火祭。还有一种不用火的祭祀,如用果品或把加蜜的乳的水奠到地下祭神。"不焚烧的祭品"原文作"多泪的不焚烧的祭品","多泪的"一词大概是抄错了的,已无法订正。

护人的远征军扔在家里,我们这点孩子力气要靠拐棍才能支持。因为孩子胸中流动的嫩骨髓和老年人的一样,里面没有战斗精神;而一个非常老的人,他的叶子已经凋谢了,靠三条腿来走路,并不比一个孩子强,他像白天出现的梦中的形象一样,飘来飘去。 81

啊,廷达瑞俄斯的女儿,克吕泰墨斯特拉王后,有什么事,什么新闻?你打听到什么,相信什么消息,竟派人传令,举行祭祀?所有保护这都城的神——上界和下界的神,屋前①和市场里的神——他们的祭坛上都燃起了火焰,供上了祭品。到处是火炬,举到天一样高,那是用神圣的脂膏的纯粹而柔和的药物,也就是用王家内库的油②涂抹过的。 96

关于这件事,请你尽你所能说、所宜说的告诉我们,好解除我们的忧虑;我们时而预料有祸患,时而又由于你叫举行祭祀而怀抱着希望,这希望扫除了无限的焦愁和使人心碎的悲哀。 103

(第一曲首节)我要提起那两个率领军队出征的幸运的统帅,那两个当权的统帅——我虽然上了年纪,但是受了神的灵感也还能唱出动听的歌词——我要提起阿开俄斯人的两个宝座上的统帅,率领希腊青年的和睦的统帅,他们手里拿着报复的戈矛,正要被两只猛禽带到透克洛斯③的土地上去,

---

① "屋前"据黑德勒姆的改订译出,弗伦克尔本作"天上"。
② 油价格很贵,老百姓点不起,故由王家供给。
③ 透克洛斯,特洛亚境内斯卡曼德洛斯河的土神克珊扎斯和神女伊代亚的儿子,特洛亚第一位国王。

鸟之王①飞到船之王面前,其中一只是黑色的,另一只的翎子却是白色的,它们出现在王宫旁边,在执矛的手那边②,栖息在显著地位上,啄食一只怀胎的兔子,不让它跑完最后一程。唱的是哀歌,唱的是哀歌,但愿吉祥如意。

(第一曲次节)那军中聪明的先知③回头望见那两个性情不同的阿特柔斯的儿子们,就知道那两只吃兔子的好战的鸟象征那两个率领军队的将领,因此他这样解释这预兆:"这远征军终于会攻陷普里阿摩斯的都城,城外所有的牛羊、人民的丰富财产,将被抢劫一空;但愿嫉妒不要从神那里下降,使特洛亚即将戴上的结实的嚼铁,这远征的军旅,暗淡无光!因为那贞洁的阿耳忒弥斯④由于怜悯,怨恨她父亲那只有翅膀的猎狗⑤把那可怜的兔子,在它生育之前,连胎儿一起杀了来祭献;那两只鹰的飨宴使她恶心。"唱的是哀歌,唱的是哀歌,但愿吉祥如意。

(第一曲末节)"啊,美丽的女神,尽管你对那些猛狮的弱小的崽子这样爱护,为那些野兽的乳儿所喜欢,你也应当让这件事的预兆应验,这异象虽然也

---

① 指鹰。
② 指右手边。出现在右方的兆头都是吉祥的。
③ 指卡尔卡斯他看到两只鹰羽色不同,象征阿伽门农与墨涅拉俄斯性情不同,前者火气大。
④ 阿耳忒弥斯,宙斯和勒托之女,阿波罗的孪生姐姐,狩猎女神和保护动物的神。她永葆童贞,故说"贞洁的"。
⑤ 指鹰。

有不祥之处,总是个好兆头①。我祈求派安②别让他姐姐对达那俄斯人发出逆风,使船只受阻,长期不能开动,由于她想要另一次祭献,那是不合法的祭献,吃不得的牺牲③,会引起家庭间的争吵,使妻子不惧怕丈夫;因为那里面住着一位可怕的、回过头来打击的诡诈的看家者,一位记仇的、为孩子们④报仇的愤怒之神。"这就是卡尔卡斯对着王宫大声说的,从路上遇见的鸟儿那里看出来的命运,里面掺和着莫大的幸运,与此相和谐的是,唱的是哀歌,唱的是哀歌,但愿吉祥如意。

(第二曲首节)宙斯,不管他是谁——只要叫他这名字向他呼吁,很使他喜欢,我就这样呼唤他。经过多方面思索,我认为除了宙斯自己,再也没有别的神可以和他相比,如果我应当把那个无益的重压⑤从我的深沉的思想里挖掉的话。

(第二曲次节)那位从前号称伟大的神⑥,在每次战斗中傲慢自夸,但如今再也没有人提起他了,他

---

① 此处尚有一字,意为"麻雀的"或"鸵鸟的",系伪作。自"啊,美丽的女神"起这六句,据黑德勒姆本译出。弗伦克尔本作:"尽管这美丽的女神这样爱护那些猛狮的弱小崽子,为那些在原野上奔跑的野兽的乳儿所喜爱,但她竟让这事情的预兆实现,这异象虽然吉利,但也有不祥之处。"与下文相矛盾。若是她让预兆实现,为何她又让海上起逆风来阻止希腊人?
② 派安,拯救者,指阿波罗。
③ 神吃的是牺牲火化时发出的烟子。
④ "孩子们"指提厄斯忒斯的被阿特柔斯所杀的儿子们。
⑤ "重压"指一种愚蠢的想法,即认为宙斯是最伟大的神。
⑥ 指乌刺诺斯。

的时代已经过去;那位后来的神①也因为碰上一个把对方摔倒三次者②而失败了。谁热烈地为宙斯高唱凯歌,谁就是聪明人。 175

(第三曲首节)是宙斯引导凡人走上智慧的道路,因为他立了这条有效的法则:智慧自苦难中得来。回想起从前的灾难,痛苦会在梦寐中③,一滴滴滴在心上,甚至一个顽固的人也会从此小心谨慎。这就是坐在那庄严的艄公凳上的神强行赠送的恩惠。④ 183

(第三曲次节)阿开俄斯舰队⑤的年长的领袖不怪先知,而向这突如其来的厄运低头,那时候阿开俄斯人驻在卡尔喀斯对面,奥利斯岸旁——那里有潮汐来回的奔流⑥,他们正困处在海湾里,忍饥挨饿。 191

(第四曲首节)从斯特律蒙⑦吹来的暴风引起了饥饿,有害的闲暇、危险的停泊,使兵士游荡,船只和缆索受亏损,时间拖得太久,阿耳戈斯的花朵便从此

---

① 指克洛诺斯。他推翻了乌剌诺斯。
② 指宙斯。他同克洛诺斯角力取胜。古希腊角力,把对方摔倒三次即取胜。
③ "在梦寐中"据黑德勒姆本译出,弗伦克尔本作"代替睡眠"。
④ "艄公凳"喻宙斯的宝座。"强行"据丹尼斯顿本译出。弗伦克尔本作"威风凛凛地坐在……"。
⑤ 指希腊舰队。
⑥ 卡尔喀斯,在希腊东部欧玻亚岛中部海角上。奥利斯在卡尔喀斯对面,中间隔着欧里波斯海峡。传说峡内每天有七次潮汐。
⑦ 斯特律蒙,马其顿河流。由此刮来的是东北风,正好阻止希腊舰队朝东北方向行驶。

凋谢枯萎;先知最后向两位领袖大声说出另一个比猛烈的风暴更难忍受的挽救方法,并且提起阿耳忒弥斯的名字①,急得阿特柔斯的儿子们用王杖击地,禁不住流泪。

(第四曲次节)那年长的国王说道:"若要不服从,命运自然是苦;但是,若要杀了我的女儿,我家里可爱的孩子,在祭坛旁边使父亲的手沾染杀献闺女流出来的血,那也是苦啊!哪一种办法没有痛苦呢?我又怎能辜负联军,抛弃舰队呢?这不行;因为急切地要求杀献,流闺女的血来平息风暴,也是合情合理的啊!但愿一切如意。"

(第五曲首节)他受了强迫戴上轭,他的心就改变了,不洁净、不虔诚、不畏神明,他从此转了念头,胆大妄为。凡人往往受"迷惑"那坏东西怂恿,她出坏主意,是祸害的根源。因此他忍心作他女儿的杀献者,为了援助那场为一个女人的缘故而进行报复的战争,为舰队而举行祭祀。

(第五曲次节)她的祈求,她呼唤"父亲"的声音,她的处女时代的生命,都不曾被那些好战的将领所重视。她父亲做完祷告,叫执事人趁她诚心诚意跪在他袍子前面的时候,把她当一只小羊举起来按在祭坛上,并且管住她的美丽的嘴,不让她诅咒他的家。

(第六曲首节)那要靠暴力和嚼头的禁止发声

---

① 指把阿伽门农之女伊菲革涅亚当牺牲祭阿耳忒弥斯。

的力量①。她的紫色袍子垂向地面,眼睛向着每个献祭的人射出乞怜的目光,像图画里的人物那样显眼,她想呼唤他们的名字——她曾经多少次在她父亲宴客的厅堂里唱过歌,那闺女用她的贞洁的声音,在第三次奠酒的时候,很亲热地回敬她父亲的快乐的祷告声。②

(第六曲次节)此后的事③我没有亲眼看见,也就不说了;但是卡尔卡斯的预言不会不灵验啊!惩戒之神自会把智慧分配给受苦难的人。未来的事到时便知,现在且随它去吧——预知等于还没有受伤就叫痛,它自会随着黎明清清楚楚地出现。

愿今后事事顺利,正合乎阿庇亚④土地仅有的保卫者,我们这些和主上最亲近的人的心愿。

---

① 指用布带缠住伊菲革涅亚的嘴。
② 古希腊人于餐后斟上纯酒敬神,第一次奠酒敬俄林波斯山上的众神,第二次奠酒敬众英雄,第三次奠酒敬保护神宙斯。主人于奠毕时做祷告,结束语是"伊厄派昂",也就是第一句歌词,于是众宾客接着唱颂神歌。此后才正式饮酒,饮的是淡酒(通常的习惯酒里掺一倍半水),有歌舞助兴。伊菲革涅亚在她父亲念完"伊厄派昂"的时候,接着唱颂神歌。这是荷马时代的风俗,那时代的妇女可以参加公共生活。在作者自己的时代(公元前五世纪)里,妇女便不能参加这种生活了。这最后五行(自"她曾经"起)说明伊菲革涅亚怎么会认识卡尔卡斯和那些将领。
③ 指伊菲革涅亚被杀献、船队起航等。
④ 阿庇亚,阿耳戈斯和伯罗奔尼撒的别名,由阿耳戈斯国王阿庇斯而得名。

三 第 一 场

〔克吕泰墨斯特拉自宫中上。

歌队长　克吕泰墨斯特拉,我尊重你的权力,应命而来;因为我们应当尊敬我们主上的妻子,在王位空虚的时候。是不是你听见了好消息,或者没有听见,只是希望有好消息,就举行祭祀,这个我想听听;但是,如果你不说,我也没有什么不满意。

克吕泰墨斯特拉　愿黎明带来好消息,像俗话所说,黎明是从它母亲——黑夜——那里来的。你将听见一件出乎意料的可喜的事——阿耳戈斯人已经攻陷了普里阿摩斯的都城了!

歌队长　你说什么?这句话从我耳边掠过了,因为我不相信。

克吕泰墨斯特拉　特洛亚落到阿开俄斯人手里了;我说清楚了吗?

歌队长　快乐钻进了我的心,使我流泪。

克吕泰墨斯特拉　你的眼睛表示你忠心耿耿。

歌队长　这件事你有没有可靠的证据?

克吕泰墨斯特拉　当然有——怎么会没有呢?只要不是神欺骗了我。

歌队长　你是不是把梦里引诱人的形象看得太重了?

克吕泰墨斯特拉　我才不注意那昏睡的心灵里的幻象呢。

歌队长　难道是不可靠的谣言把你弄糊涂了?

克吕泰墨斯特拉　你太瞧不起我的智力,把我当成小女孩了。

歌队长　那都城是哪一天毁灭的?

克吕泰墨斯特拉　告诉你,就在生育了这朝阳的夜晚。

歌队长　哪一个报信人跑得了这么快?

克吕泰墨斯特拉　赫淮斯托斯,他从伊得山①发出灿烂的火光。火的快差②把信号火光一段段地传来:伊得首先把它送到勒姆诺斯岛③上的赫耳墨斯悬崖上,然后阿托斯半岛上的宙斯峰④从那里把巨大的火炬接到手;那奔跑的火炬使劲跳跃,跳过海,欢乐地前进……⑤那松脂火炬像太阳一样把金色的光芒送到马喀斯托斯山上的望楼⑥前。那山峰没有昏睡,没有拖延时间,没有疏忽信差的职务;那信号火光经过欧里波斯海峡上空,远远把消息递

---

① 伊得山,在特洛亚郊外。
② 指接力送信的快差。
③ 勒姆诺斯岛,在爱琴海北部,距特洛亚约九十公里。
④ 阿托斯半岛,在马其顿南部,东南距勒姆诺斯岛约七十公里。宙斯峰在半岛南端,高约一千九百米。
⑤ 此处残缺。原诗缺动词,"前进"是补订的。
⑥ 马喀斯托斯山,今坎狄利山,在欧玻亚岛北部,北距阿托斯约一百八十公里,南距奥利斯约四十公里。"望楼"指山峰。

给墨萨庇昂山①上的守望人。他们也依次点起了火焰——烧的是一堆枯草——把消息往前传递。那火炬依然旺盛,一点也没有暗淡,像明月一样跳过了阿索波斯平原②,直达喀泰戎悬崖③,在那里催促这信号火光的另一个接力者。那里的守望人不但没有拒绝远处传来的火光,反而点燃了一朵比命令所规定的更大的火焰;那火光在戈耳戈眼似的湖水上面一闪而过,到达山羊游玩的山④上,劝那里的守望人不可漠视生火的命令。⑤ 他们大卖力气,点燃了火,送出一丛大火须,那火须飘过那俯瞰萨洛尼科斯海峡的海角⑥,依然在燃烧,跟着就下降,到达了阿剌克奈昂山⑦峰——靠近我们的都城的守望站,然后从那里落到阿特柔斯的儿子们的屋顶上,这光亮是伊得山上的火焰的儿孙。这就是我安排的火炬竞赛——一个个依次跑完,那最先跑和最后跑的人

---

① 墨萨庇昂山,在安忒冬城附近,北距马喀斯托斯山约二十公里,东南距奥利斯约十公里。
② 阿索波斯平原,在阿提卡西北的玻俄提亚东南阿索波斯河南北两岸,距墨萨庇昂约三十公里。
③ 喀泰戎悬崖,玻俄提亚和阿提卡边界山脉,距墨萨庇昂约三十公里。
④ 大概指革剌涅亚山,在墨伽拉西部,北距喀泰戎山约二十公里。湖大概指革剌涅亚山和喀泰戎山之间的湖。
⑤ "那里的守望人"是补充的。"漠视"据弗伦克尔本译出,抄本作"欢迎",甚费解。
⑥ 萨洛尼科斯海峡,指阿提卡半岛和阿耳戈利斯半岛间的萨洛尼科斯海湾西端的小海湾,距革剌涅亚山约十二公里,为长方形,南北宽约七公里,形似海峡。"海角"大概指北岸中部的海角。
⑦ 阿剌克奈昂山,西距阿耳戈斯约二十公里,北距革剌涅亚山约四十公里。

是胜利者①。这就是我告诉你的证据和信号——我丈夫从特洛亚传递给我的。 316

歌队长 啊,夫人,我跟着就向神谢恩,但是我愿意听完你的话,你一边讲,我一边赞叹。

克吕泰墨斯特拉 特洛亚今日是在阿开俄斯人手里了。我猜想那城里的各种呼声决不会混淆。试把醋和油倒在一只瓶里,你会说它们合不来,不够朋友,所以你会分别听见被征服者和征服者的声音,因为他们的命运各自不同:有的人倒在丈夫或弟兄的尸体上,儿孙倒在老年人的尸体上,②用失去了自由的喉咙悲叹他们最亲爱的人的死亡;有的人由于战后通宵掳掠而劳累,很是饥饿,停下来吃城里供应的早餐,不是按次序发票分配的,而是各自碰运气摇得了签,就住在特洛亚被攻占的家里,不再忍受露天的霜和露,也不必放哨,就可以像那些有福的人那样睡一夜。 336

只要他们尊重那被征服的土地上保护城邦的神和神殿,他们就不会在俘虏别人之后反而成为俘虏。愿我们的军队不要怀抱某种欲望,为了贪财去劫掠那些不应当抢夺的东西,因为他们还须争取回家的

---

① 这最后一句话引起许多争论,恐怕是以火炬接力赛跑作比喻,所以都是胜利者。
② 据弗伦克尔本译出。丹尼斯顿本作"老年人倒在儿孙的身体上"。"有的人"应指妇女和儿童,因为成年男子都被杀光。

安全,沿着那双程跑道①的回头路归来。如果军队没有冒犯神明而得以归来,那些受害者②的悲愤就会和缓下来③,只要没有意外的祸事发生。 347

　　这就是我,一个女人,讲给你听的。但愿好事成功,这个我们一定看得见;我宁可要这快乐,不要那莫大的幸福。 350

歌队长　夫人,你像个又聪明又谨慎的男人,话说得有理。我从你这里听见了这可靠的证据,准备向神谢恩,因为我们的辛苦已经得到了适当的报酬。 354

　　〔克吕泰墨斯特拉进宫。

---

① 古希腊的双程跑道像两只平行的手指,起点(也就是终点)对面的末端立着一根石柱,赛跑的人到了那里转弯,再往回跑。
② "受害者"指战死的将士的家属。
③ "和缓下来"据黑德勒姆本译出,抄本作"激动起来"。

四　第一合唱歌

歌　队　（序曲）啊,宙斯王！啊,友好的夜,灿烂的装饰的享受者①,你曾把罩网撒在特洛亚城上,使老老少少跳不出这奴役的大拖网,这一网打尽的劫数。我尊敬伟大的宙斯,宾主之神,这件事是他促成的,他早就向着阿勒克珊德洛斯开弓;他的箭不会射不到鹄的,也不会射到星辰高处,白白落地。

（第一曲首节）人们会说这打击来自宙斯,这是可以看得出来的。他已经按照他的意思把这件事促成了。曾有人说,神不屑于注意那些践踏了神圣的美好的东西②的人;说这话就是对神不敬。当人们因为家里有过多的、超过了最好限度的财富而过分骄傲的时候,很明显,那不可容忍的罪恶所得到的报偿就是死亡③。一个聪明人只愿有一份无害的财富就够了。

因为一个人若是太富裕,把正义之神的大台座

---

① "装饰"指星辰。此句或解作"最大的荣誉的赐予者"。
② 指帕里斯于做客时拐走了海伦而践踏了宾主情谊。
③ 抄本有误,无法校订。此句据黑德勒姆本的改订译出,弗伦克尔以为这改订不妥。

踢得不见了,就没有保障啊!① 384

（第一曲次节）是"引诱"那坏东西,那预先定计的阿忒②的难以抵抗的女儿,在催促他,因此一切挽救都没有效力。他所受的伤害无法掩饰,像可怕的火光那样亮了出来;他受到惩罚,有如劣铜③受到磨损和撞击而变黑了;他又像儿童追逐飞鸟,给他的城邦带来了难以忍受的苦难。神不但不听他祈祷,反而把做这些事的不义的人毁灭。 398

帕里斯就是这样的人,他曾到阿特柔斯的儿子们家里拐走一个有夫之妇,玷污了宴客的筵席。 402

（第二曲首节）她留给同国人的是盾兵的乱纷纷的戈矛,水手的装具,她带到特洛亚当嫁妆的是毁灭,她轻捷地穿过了大门,敢于做没人敢做的事。当时宫中的众先知不住地叹道："哎呀,这宫廷和宫中的王啊!哎呀,这床榻和那爱丈夫的新娘的脚步啊!"④我们可以看见那些被抛弃的人⑤哑口无言,他们虽已感觉耻辱,却还没有出口骂人,甚至还不肯相信。由于对海外人的怀念,他们会想象有一个幻影在操持家务。 415

---

① 或解作"金钱保障不了人,在他傲慢地把正义之神的大祭坛踢毁了的时候"。
② 阿忒,迷惑之神,争吵之神的女儿,她引诱人为恶,把他们毁灭,因此又是毁灭之神。
③ "劣铜"指含铅的铜。
④ 此句形容妻子上床。"新娘的"是补充的。
⑤ 原文是复数,实指墨涅拉俄斯一人。

但是那些形象很美的雕像①在丈夫看来没什么可爱,雕像没有眼珠②,也就不能传情了。　　419

(第二曲次节)"那梦中出现的使人信以为真的形象③会引起一场空欢喜,当一个人以为他看见了亲爱的人——④那也是徒劳,因为那幻影已从他怀中溜掉,再也不跟着睡眠的随身翅膀归来。⑤"这就是那宫中炉边⑥的伤心事,此外还有更伤心的事呢;一般地说,在每一个家里都可以看出为那些一起从希腊动身的兵士而感觉的难以忍受的悲哀⑦,是呀,多少事刺得人心痛啊!

送出去的是亲爱的人,回到每一个家里的是一罐骨灰⑧,不是活人。　　436

(第三曲首节)战神在戈矛激战的地方提起一架天平,用黄金来兑换尸首,他从伊利昂把火化了的东西送给它们的亲人,那是使人流泪的沉重的砂金,

---

① 指海伦的雕像,一说是一般的装饰品。
② 古希腊的雕像,特别是铜像,多半没有眼珠。
③ "使人信以为真的形象"根据黑德勒姆本译出,意即使丈夫相信那是他真正的妻子的形象。抄本作"忧愁的形象",可解作"忧愁的人在梦中看见的形象"。
④ 此处省略了下文。观众以为歌队会唱出"想把她拥抱"一类的诗句。
⑤ 睡眠之神背上有翅膀。此时做梦的人已醒,所以那幻影不能再跟着睡眠的翅膀归来。此处抄本有误,原诗费解。或解作"再也不沿着睡眠的道路飞回"。
⑥ 荷马时代的正厅里有炉火,为家庭的象征。
⑦ 据黑德勒姆本译出。弗伦克尔本作"忍耐的心里的不流露的悲哀"。
⑧ 这是作者那个时代的丧葬习惯。荷马时代,战死的英雄就地埋葬。

代替人身的骨灰,装在那轻便的瓦罐里的。① 他们哀悼死者,赞美这人善于打仗,那人在血战中光荣倒下,为了别人的妻子的缘故;有人这样低声抱怨,对案件的主犯阿特柔斯的儿子们发出的悲愤正在暗地里蔓延。 451

有的兵士在那城墙下,占据了伊利昂土地上的坟墓,他们的形象依然美丽;他们虽是征服者,却埋在敌国的泥土里。 455

(第三曲次节)市民的愤怒的话是危险的,公众的诅咒现在发生了效力。我怕听黑暗中隐藏着的消息,因为神并不是不注意那些杀人如麻的人。一个人多行不义,虽然侥幸成功,但是那些穿黑袍的报仇女神最终会使他命运逆转,受尽折磨,以至湮没无闻,他一旦被毁灭了便无法挽救。一个人的声名太响了,也是危险,因为电光会从宙斯眼②里发射出来。 470

我宁可选择那不至于引起嫉妒的幸福③。我不愿毁灭别人的城邦,也不愿被人俘虏,看到那种生活④。 474

(第三曲末节)那传递喜讯的火光带来的消息,很快就散布到城里。谁知道是真的还是神在欺骗我

---

① 这一段有好几个双关字:"天平"指衡量金银的天平和决定胜负的命运(由神用天平来衡量),"火化"指火烧金子和火化尸体,"沉重"指金子的沉重和悲哀的沉重,"瓦罐"指一般的陶器和骨灰罐。
② "眼"字可能是抄错了的。此句或解作"从宙斯那里来的霹雳会打击他的眼睛"。
③ 古希腊人相信天神嫉妒过分幸福的人,要把他们毁灭。
④ 指奴隶生活。

们？谁这样幼稚或者这样糊涂,让他的心因火光带来的意外消息所激动,然后又垂头丧气,当音信走了样的时候?这很合乎女人的性情,在消息还没有证实之前就谢恩。女人制定的法则太容易使人听从,传布得快,可是女人嘴里说出的消息也消失得快啊! 488

五 第 二 场

歌队长　我们立刻就可以知道那发亮的火炬传来的火光和信号是真是假,这乘兴而来的火光是不是像梦一样欺骗了我们的心,因为我看见一个传令官从海边来到那橄榄树①荫下,那干燥的尘埃②,泥土的孪生姐妹,向我保证,这个报信人不是哑巴,他不是烧起山上的木柴,靠烟火来传递信号,而是要更清楚地报告那可喜的消息,或者——我可不喜欢说相反的话。但愿喜上加喜啊!如果有人为这城邦做不同的祈祷,愿他能收获他心中的罪恶的果实。　502

〔传令官自观众右方上。③

传令官　啊,我的祖国,阿耳戈斯的土地!一别十年,今天好容易回到你这里!多少希望都断了缆,只有一个系得稳。真没想到我还能死在阿耳戈斯,分得一

---

① "橄榄"原文作"厄莱亚",是一种类似橄榄的果实,其实并不是橄榄。此句或解作"他头上有橄榄枝遮阳"。
② 指传令官扬起的尘埃。
③ 特洛亚距阿耳戈斯四百余公里,传令官和阿伽门农不可能于特洛亚陷落的次晨就回到家。一种解释是,古希腊剧作家和观众不十分理会实际所需时间。津家维拉尔认为那火光信号是埃癸斯托斯在海边发现阿伽门农的船只回来时给克吕泰墨斯特拉发出的警报。

份最亲切的墓地。土地啊,我现在向你欢呼!太阳光啊,我向你欢呼!这地方最高的神宙斯啊,皮托的王①啊,请不要再开弓向我们射箭!我们在斯卡曼德洛斯河边已经被你恨够了,②现在,阿波罗王啊,请做我们的救主和医神!我要向那些聚在一起的神们③致敬,特别向我的保护神赫耳墨斯、亲爱的传令神致敬,他是我们传令的人所崇奉的神;还有那些派遣我们出征的众英雄④,我请求他们好心好意迎接戈矛下残余的军队。

王家的宫殿啊,亲爱的家宅啊,庄严的宝座⑤啊,面向朝阳的神⑥啊,请你们像从前一样,用你们的发亮的眼睛正式迎接这久别的君王!因为他给你们,也给这里全体的人,在夜里带来了光亮——他是阿伽门农王。好好欢迎他吧,这是应当的;因为他已经借报复神宙斯的鹤嘴锄把特洛亚挖倒了,它的土地破坏了,它的神祇的祭坛和庙宇不见了,⑦它地里的种子全都毁了。这就是我们的国王,阿特柔斯的

---

① 皮托的王,指阿波罗。
② 阿波罗曾在特洛亚郊外斯卡曼德洛斯河边射过希腊人,使希腊军中发生瘟疫。
③ 指时常聚会的十二位大神:宙斯、赫拉、海神波塞冬、地母得墨忒耳、阿波罗、阿耳忒弥斯、火神淮斯托斯、雅典娜、战神阿瑞斯、爱神阿佛洛狄忒、众神使者赫耳墨斯和炉火神赫斯提亚。
④ 指希腊各城邦已经死去的国王。
⑤ 指内院中的宝座,荷马时代的国王于审判或开大会时的座位。
⑥ 指宫前面向东方的神像。王宫正面是东方。本剧的时间自夜里开始,这时候太阳已经出来了。
⑦ 弗伦克尔认为此行系伪作。

长子,驾在特洛亚颈上的轭;他现在回来了,一个幸运的人,这个时代的人们中最值得尊敬的人。从今后帕里斯和同他合伙的城邦再也不能夸口说,他们所受的惩罚和他们的罪行比起来算不了什么;他犯了盗窃罪,不但吐出了赃物,而且使他祖先的家宅被夷平了,连土地一起被毁了;普里阿摩斯的儿子们因为犯罪,受到了加倍的惩罚。　　537

歌队长　从阿开俄斯军中回来的传令官,愿你快乐!
传令官　我快乐,即使神叫我死,我也不拒绝。
歌队长　你是不是因为思念祖国而苦恼?
传令官　我思念,①眼里充满了快乐的泪。
歌队长　那么你害的是一种很舒服的病。
传令官　什么?请你解释解释,我才懂得你的话。
歌队长　你思念那些思念你的人。
传令官　你是不是说家乡也思念那怀乡的军队?　　545
歌队长　是呀,我这忧郁的心时常在呻吟。
传令官　你心里为什么这样忧郁?
歌队长　缄默一直是我的避祸良方。
传令官　怎么?国王出征在外的时候,你害怕谁呀?
歌队长　而且怕得厉害,现在呀,用你的话来说,死了好得多。　　550
传令官　不过我是说事业已成功。在这漫长的时间内所发生的事,有一些可以说很顺利,有一些却不顺利。但是,除了天神,谁能一生没灾难?说起我们的辛苦

---

① 此句是补充的。

和居住条件的恶劣,船上狭窄的过道、糟糕的铺位——哪一件事不曾使我们悲叹,哪一样痛苦不是我们每天所应有的?① 陆地上的生活更是可恨:我们的床榻就在敌人城墙下,天空降下的露水和草地上的露珠把我们打湿了,它经常为害,使衣服上的绒毛里长满了小东西②。说起那冻死鸟儿的冬天,伊达一下雪就冻得受不了,或是说起那炎热的夏天,连海水也在午眠时候沉沉入睡,风平浪静——但何必为这些事而悲叹? 苦难已经过去了,对那些死去的人说来是过去了,他们再也不想起来;③但是对我们,阿耳戈斯军队的残存者说来,利益压倒了一切,苦难的分量就不能保持均势。因此我们可以在这光明的日子里④,这样夸口说——让这声音飘过大海和陆地:"阿耳戈斯远征军攻下了特洛亚,这些是献给全希腊的神的战利品,是军队钉在他们庙上的,光荣的礼物万古常存。"人们听见了这话,一定会赞美这城邦和它的将领;胜利是宙斯促成的,这恩惠很值得珍惜。我的话完了。

582

歌队长 你的话说服了我,我没有什么难过,因为一个人再老也应当向别人请教。

〔克吕泰墨斯特拉自宫中上。

---

① 抄本有误。此句或解作"每天的口粮又得不到"。
② 指霉。
③ 此处删去第570至572行,这三行大概是从别的剧本移来的,大意是"何必计数那些战死的人,活着的人何必为厄运而悲叹? 我要和那些不幸的事告一声永别"。
④ 或解作"可以向着太阳光"。

但是这消息与这个家和克吕泰墨斯特拉最有关系,我自己也可以饱享耳福。 586

克吕泰墨斯特拉　刚才,当第一个火光信号在夜里到达,报告伊利昂的陷落和毁灭的时候,我曾发出欢乐的呼声。当时有人责备我说:"你竟自这样相信火光的信号,认为特洛亚已经毁灭了吗?你真是个女人,心里这样容易激动!"这样的话骂得我糊里糊涂。但是我还是举行了祭祀,而他们也拿女人作榜样,在城内各处欢呼胜利,在众神的庙里,把吞食香料的、芳香的火焰弄熄灭。 597

(向传令官)此刻何必要你向我详细报告?我自会从国王本人那里从头听到尾。但是我得赶快准备以最好的仪式迎接我的可尊敬的丈夫归来。在妻子眼中还有什么阳光比今天的更可爱呢,当天神使她丈夫从战争里平安回来,她为他启开大门的时候?把这话带给我丈夫。请他,城邦爱戴的君王,快快回来!愿他回来,在家里发现他的妻子很忠实,和分别时候的人儿一样,他家看门的狗,对他怀好意,对那些仇视他的人却怀敌意;在其他各方面,也是一样,在这长久的时间内,她连封印①都没有破坏一个。说起从别的男子那里来的快乐,或者流言蜚语,我根本不知道,就像我不知道金属②的淬火一样。这就是我的夸口的话,纯粹是真情,一个高贵的妇人这样

---

① 阿伽门农离家时曾把他的贵重物品封起来,用他的戒指在火漆上打上印。
② "金属"指铁。此句以妇女不知铁匠技艺为喻。

大声说说,没有什么可耻。　　　　　　　　　　614

　　　〔克吕泰墨斯特拉进宫。

歌队长　她说完了,你是这样理解她的意思,但是在明眼的解释者看来,她的话很漂亮。但请告诉我,传令官,我要打听墨涅拉俄斯——他,这地方爱戴的君王,是不是和你们一道平安回来了?

传令官　我不能把假话说得好听,使朋友长久喜欢。

歌队长　那么愿你说真话,好消息,这两样一分离,就不好自圆其说。　　　　　　　　　　　　　　　　623

传令官　他本人和他的船只已不在希腊军队的眼前了①。我说的不是假话。

歌队长　是他当着你们的面从伊利昂扬帆而去的,还是风暴,那共同的灾难,把他从军中吹走的?

传令官　你像个了不起的弓箭手射中了鹄的,一句话道出了一长串灾难。

歌队长　据别的航海人所说,他是活着,还是死了?

传令官　除了那养育地上万物的赫利俄斯②而外,谁也不知道,谁也说不清楚。

歌队长　你说那风暴是怎样由于众神的愤怒而袭击我们的水师的,是怎样平息的?　　　　　　　　　　635

传令官　好日子不应当被坏消息沾污,那和对神的崇拜是不相宜的。当一个报信人哭丧着脸向城邦报告军队的覆没,那可恨的灾难,说城邦受了损失,大家受

---

① 特洛亚陷落后,墨涅拉俄斯同阿伽门农发生了争吵,他因此独自率领他的船队先行离开特洛亚,带着海伦在地中海漂泊了八年之久。
② 赫利俄斯,许珀里昂和忒亚的儿子,为太阳神。

损失,有许多人被阿瑞斯喜爱的双头刺棍①,那双矛②的害人的东西,那血淋淋的一对尖头,赶出家门,作了牺牲品——当他担负着这样沉重的灾难,他只适合唱报仇神们的凯歌;但是当他带着报说平安的好消息回到幸福的城邦里,我怎能把噩耗和喜讯混在一起,说起那由于众神的愤怒而降到阿开俄斯人身上的风暴呢?

649

电火和海水本来有大仇,居然结成了联盟③,为了表示它们的信义,毁灭了阿耳戈斯人的不幸的军队。昨夜里灾难自暴风雨的海上袭来,从特剌刻④刮来的大风吹得船只互相碰撞,它们在狂风暴雨的猛烈的袭击下,在凶恶的牧羊人⑤的鞭打下,沉没不见了。等太阳的亮光一出现,我们就看见爱琴海上开放了花朵,到处是阿耳戈斯人的尸首和船只的残骸。但是我们和我们的完整的船却被哪一位救了,或是由他代为求情而得免于灾难,他一定是神,不是人,是他在给我们掌舵。救主命运女神也很慈祥地坐在我们船上,所以我们进港后没有遇着波浪的颠簸,也没有在石滩上搁浅。此后,虽然免于死在海

---

① 古希腊人赶马的刺棍上有两颗钉子。
② 荷马时代的战士手里有两支矛,一支用作投枪,另一支用来刺杀。
③ 指雅典娜和海神波塞冬结成了联盟。特洛亚战争中,雅典娜一直帮助希腊人。特洛亚陷落时,希腊英雄小埃阿斯曾在雅典娜庙里侮辱了在她保护下的特洛亚公主卡珊德拉,她就和波塞冬结盟,还借了她父亲宙斯的雷电来惩罚希腊人,使他们在归途中受到打击。
④ 特剌刻,爱琴海北边。此处所说的大风是东北风。
⑤ "牧羊人"指风暴,它像牧羊人那样鞭打船只。

上,虽然在白天,我们还是不相信我们的幸运,心里琢磨这意外的灾祸:我们的军队遭了难,受到严重的打击。这时候,如果他们里头还有人活着,他们一定会说我们死了;而我们则以为他们遭受了这样的命运。但愿一切都很好!你应当特别盼望墨涅拉俄斯归来。

只要太阳的光芒发现他依然活着,看得见阳光,我们可以希望他在宙斯的保佑下回家来——宙斯无意毁灭这家族。你已经听见这许多消息,要相信,全都是真的。 680

〔传令官自观众右方下。

六 第二合唱歌

歌　队　（第一曲首节）是谁起名字这样名副其实——是不是我们看不见的神预知那注定的命运，把它正确地一语道破？——给那引起战争的、双方争夺的新娘起名叫"海伦"？因为她恰好成了一个"害"船只的、"害"人的、"害"城邦的女人，①在她从她的精致的门帘后出来，在强烈的西风②下扬帆而去的时候，跟着就有许多人，持盾的兵士、猎人循着桨后面正在消失的痕迹，循着那些在西摩厄斯河③木叶茂盛的河岸登陆的人④留下的痕迹追踪，这是由于那残忍的争吵女神⑤在作弄啊！ 698

（第一曲次节）那要实现她的意图的愤怒之神为特洛亚促成了一个苦姻缘——这个词儿很正确，

---

① 三个"害"字谐"海伦"的"海"字。希腊文"海伦"一名的字音和"毁灭"一词的字音很近似。
② 西风泽费罗斯，阿斯泰俄斯和晨光女神厄俄斯的儿子。此处是说朝着东方的特洛亚顺风驶去。
③ 西摩厄斯河，在特洛亚境内。
④ 指帕里斯和海伦。
⑤ 传说珀琉斯与忒提斯结婚时忘了邀请争吵女神，她便扔来一个金苹果。赫拉、雅典娜和阿佛洛狄忒争着要，帕里斯把它判给阿佛洛狄忒，因为她答应给他世界上最美的女人作妻子。最终这段姻缘成为特洛亚的灾难。

日后好为了那不尊重筵席①,不尊重保护炉火的宙斯的罪过而惩罚那些唱歌向新娘祝贺的人——那婚歌是亲戚唱的。但是普里阿摩斯的古老的都城现在却学会了唱一支十分凄惨的歌,它正在大声悲叹,说帕里斯的婚姻害死人,……②它遭受了悲惨的杀戮。 716

（第二曲首节）就像有人在家里养了一头小狮子,它突然断了奶,还在想念乳头;在生命初期,它很驯服,是儿童的朋友,老人的爱兽;它时常偎在他们怀中,像一个婴儿,目光炯炯地望着他们的手,迫于肚子饥饿而摇尾乞食。 726

（第二曲次节）但是一经成长,它就露出它父母赋予它的本性,不待邀请就大杀羊群,准备饱餐一顿,这样报答他们的养育;这个家沾染了血污,家里的人不胜悲痛,祸事闹大了,多少头羊被杀害了;天意如此,这家里才养了一位侍奉毁灭之神阿忒的祭司。 736

（第三曲首节）我要说当初去到伊利昂城的是一颗温柔的心,富贵人家喜爱的明珠,眼里射出的柔和的箭,一朵迷魂的、爱情的花。但是愤怒之神后来使这婚姻产生痛苦的后果,她在宾主之神宙斯的护送下,扑向普里阿摩斯的儿子们,她是个为害的客人,为害的伴侣,惹得新娘③哭泣的恶魔！ 749

---

① 指墨涅拉俄斯款待帕里斯的筵席。
② 抄本有误,无法校订。大意是:"它的生命充满毁灭与悲哀,为了它的市民的缘故。"
③ "新娘"指海伦。

（第三曲次节）自古流传在人间有一句谚语：一个人的幸福一旦壮大起来，它就会生育子女，不致绝嗣而死；但是这幸运会为他的儿孙生出无穷尽的灾难。我却有独特的见解，和别人不同：我认为只有不义的行为才会产生更多的不义，有其父必有其子；但是正直的家庭的幸运永远是好儿孙。① 762

（第四曲首节）那年老的傲慢，不论迟早，一俟注定的时机到了，也会生个女儿，它在人们的祸害中是年轻一辈的傲慢，新生的怨恨，②恶魔，不可抵抗、不可战胜、不畏神明的莽撞，家庭里凶恶的毁灭者，像她的父母一样。 772

（第四曲次节）正义之神在烟雾弥漫的茅舍里显露她的笑容，她所重视的是正直的人；对于那些金光耀眼的宅第，如果那里面的手不洁净，她却掉头不顾，去到清白的人家。她瞧不起财富的被人夸大的力量，一切事都由她引向正当的结局。 782

---

① 意即永远是从前的幸运的好儿孙。
② "新生的怨恨"抄本有误。

七 第 三 场

〔阿伽门农和卡珊德拉乘车自观众右方上。

歌队长　啊,国王,特洛亚城的毁灭者,阿特柔斯的后裔,我应当怎样欢迎你,怎样向你表示敬意,才能恰如其分地执行君臣之礼？许多人讲究外表,不露真面目,在他们违反正义的时候；人人都准备和受难者同声哭泣,但是悲哀的毒螫却没有刺进他们的心；他们又装出一副与人共欢乐的样子,勉强他们的不笑的脸……①。但是一个善于鉴别羊的牧人②不至于被人们的眼睛所欺骗,在它们貌似忠良,拿掺了水的友谊来献媚的时候。

你曾为了海伦的缘故率领军队出征,那时候,不瞒你说,在我的心目中,你的肖像颜色配得十分不妙,你没有把你心里的舵掌好,你曾经举行祭献,使许多饿得快死的人恢复勇气。③ 但如今从我心灵深

---

① 抄本残缺。此句大意是："勉强他们的不笑的脸笑一笑。"
② 指国王。荷马诗中常把国王比作牧人。
③ 抄本有误,意义不明。据丹尼斯顿本的改订译出。"祭献"指杀伊菲革涅亚祭神。

处,我善意地……①,"辛苦对于成功的人……②。"
你总可以打听出哪一个公民在家里为人很正直,哪
一个不正派。

阿伽门农　我应当先向阿耳戈斯和这地方的神致敬,他
们曾经保佑我回家,帮助我惩罚普里阿摩斯的城邦。
当初众神审判那不必用言语控诉的案件的时候,他
们毫不踌躇地把死刑、毁灭伊利昂的判决票投到那
判死罪的壶③里;那对面的壶希望他们投票,却没有
装进判决票。此刻那被攻陷的都城还可以凭烟火辨
别出来。④那摧灭万物的狂风依然在吹,但是余烬
正随着那都城一起消灭,发出强烈的财宝气味。为
此我们应当向神谢恩,永志不忘;因为我们已经同那
放肆的抢劫者报了仇,为了一个女人的缘故,那都城
被阿耳戈斯的猛兽踏平了,那是马驹⑤———队持
盾的兵士,它在鸠星下沉的时候⑥跳进城,像一匹凶

---

① 抄本残缺,此句大意是:"我善意地称赞这谚语。"
② 抄本残缺,此句大意是:"辛苦对于成功的人是甜蜜的。"
③ 公元前五世纪的雅典法庭上有两只箱,其中一只接收判罪票,另一只接收免罪票。
④ 希腊人于离开特洛亚时,放火烧城。
⑤ "马驹"指木马。希腊人攻打特洛亚十年不下,最后采用俄底修斯的主意,造了一匹木马,遗弃在战场上。特洛亚人把木马作为战利品拖进城。到了夜里,马身内暗藏的兵士跳出来,打开城门,放希腊大军进城,特洛亚因此陷落。
⑥ "鸠星"原文作"普勒阿得斯"。普勒阿得斯是阿忒拉斯和普勒伊俄涅的七个女儿,她们被猎人俄里昂追赶,众神听了她们的祈求,把她们化成斑鸠,放进一个星座。那星座便叫斑鸠星座(即金牛星座),在希腊于五月初至十一月初出现。"鸠星下沉的时候"一般用来表示深夜的时间。

猛的狮子跳过城墙,把王子们的血舔了个饱。 828

我向众神讲了一大段开场话。至于你的意见我已经听见了,记住了,我同意你的话,我也要那样说。是呀,生来就知道尊敬走运的朋友而不怀嫉妒的人真是稀少,因为恶意的毒深入人心,使病人加倍痛苦:他既为自己的不幸而苦恼,又因为看见了别人的幸运而自悲自叹。我很有经验——因为我对那面镜子,人与人的交际很熟悉,可以说那些对我貌似忠实的人不过是影子的映像罢了。只有俄底修斯①,那个当初不愿航海出征的人,一经戴上轭,就心甘情愿成为我的骓马②,不论他现在是生是死,我都这样说。

其余的有关城邦和神的事,我们要开大会③,大家讨论。健全的制度,决定永远保留;需要医治的毒疮,就细心用火烧或用刀割,把疾病的危害除掉。 850

此刻我要进屋,我的有炉火的厅堂,我先向众神举手致敬,是他们把我送出去,又把我带回家来。胜利既然跟随着我,愿她永远和我同在! 854

〔克吕泰墨斯特拉自宫中上,众侍女抱着紫色花毡随上。

克吕泰墨斯特拉　市民们,阿耳戈斯的长老们,我当着你

---

① 俄底修斯,拉厄耳忒斯之子,伊塔克国王。他起初不肯参战,在家装疯,犁地种田。后成为希腊军中足智多谋的英雄。
② 古希腊赛车驾四匹马,驾轭的两匹"服马",左右两匹马叫"骓马"或"骖马"。
③ 在荷马时代,国家大事须交大会商讨。

们表白我对丈夫的爱情,并不感觉羞耻,因为人们的羞怯随着时间而消失。我所要说的不是从别人那里听来的,而是我自己所受的苦痛生活,当他在伊利昂城下的时候。首先,一个女人和丈夫分离,孤孤单单坐在家里,已经苦不堪言,①何况还有人带来坏消息,跟着又有人带来,一个比一个坏,他们大声讲给家里的人听。说起创伤,如果我丈夫所遭受的像那些继续流讲我家的消息所说的那样多,那么他身上的伤口可以说比网眼更多。如果他像消息里所说的死了那么多次,那么他可以夸口说,他是第二个三身怪物革律昂②,在每一种形状下死一次,这样穿上了三件泥衣服③。为了这些不幸的消息,我时常上吊,别人却硬把悬空的索子从我颈上解开。因此④,我们的儿子,你我的盟誓的保证人,应当在这里却又不在这里,那个俄瑞斯忒斯。你不必诧异;他是寄居在我们的亲密的战友——福喀斯人斯特洛菲俄斯⑤家里的,那人曾警告我有两重祸患——你在伊利昂城下冒危险,人民又会哗然骚动,推翻议会,因为人的天性喜欢多踩两脚那已经倒地的人。这个辩解里没有欺诈。

① 此处删去第863行,此行系伪作,大意是:"听见许多不幸的消息。"
② 革律昂,有三个身体的怪物。当赫剌克勒斯把他的两个身体砍下时,他还剩下一个身体,继续作战。此处删去第871行,此行系伪作,大意是:"他身上的泥土很多,他身下的泥土就不必说了。"
③ 即被埋三次之意。
④ 意即"因为我叫能上吊而死"。
⑤ 斯特洛菲俄斯,福喀斯的王,俄瑞斯忒斯的姑父。

说起我自己,我的眼泪的喷泉已经干枯了,里面一滴泪也没有了。我的不能早睡的眼睛,因为哭着盼望那报告你归来的火光而发痛,那火却长久不见点燃。① 即使在梦里,我也会被蚊子的细小的声音惊醒,听它营营地叫;因为我在梦里看见你所受的苦难比我睡眠的时间内所能发生的还要多呢。

现在,忍过了这一切,心里无忧无虑,我要称呼我丈夫作家里看门的狗,船上保证安全的前桅支索,稳立在地基上支撑大厦的石柱,父亲的独生子,水手们意外望见的陆地,② 口渴的旅客的泉水。③ 这些向他表示敬意的话,他可以受之无愧。让嫉妒躲得远远的吧!④ 我们过去所受的苦难已经够多了!⑤

现在,亲爱的,快下车来!但是,主上啊,你这只曾经踏平伊利昂的脚不可踩在地上。婢女们,你们奉命来把花毡铺在路上,为什么拖延时间呢?快拿紫色毡子铺一条路,让正义之神引他进入他意想不到的家。⑥ 至于其余的事,我的没有昏睡的心,在神

---

① 或解作"因为对着那为你点着的灯火哭泣而发痛,那灯火你一直不理会"。
② 此处删去第900行,此行系伪作,大意是:"暴风雨后看起来最美丽的白天。"
③ 此处删去第902行,此行系伪作,大意是:"逃避了这一切困苦是一件快乐的事。"
④ 受恭维太多的人会招惹天神嫉妒。克吕泰墨斯特拉口里这样说,心里却有意引起天神的嫉妒。
⑤ 指由于天神的嫉妒而受的苦难。
⑥ 双关语,明指进入王宫,暗指进入冥府。

的帮助下,会把它们正当地安排①好,正像命运所注定的那样。②

〔众侍女铺花毡。

阿伽门农 勒达的后裔,我家的保护人,你的话和我们别离的时间正相当,因为你把它拖得太长了。但是适当的称赞——那颂辞应当由别人嘴里念出来。此外,不要把我当一个女人来娇养,不要把我当一个外国的君王,趴在地下张着嘴向我欢呼,③不要在路上铺上绒毡,引起嫉妒心。只有对天神我们才应当用这样的仪式表示敬意;一个凡人在美丽的花毡上行走,在我看来,未免可怕。④ 鞋擦和花毡,两个名称音不同。⑤ 谦虚是神赐的最大的礼物;要等到一个人在可爱的幸运中结束了他的生命之后,我们才可以说他是有福的。我已经说过,我要怎样行动才不至于有所畏惧。

克吕泰墨斯特拉 现在我问你一句话,把你的意见老老实实告诉我。

阿伽门农 我的意见,你可以相信,不会有假。

克吕泰墨斯特拉 你在可怕的紧急关头,会不会向神许愿,要做这件事?⑥

---

① "安排"是双关语,明指安排迎接阿伽门农,暗指安排谋杀。
② 这一句原诗不可靠。
③ "外国"指特洛亚和波斯等国。这种跪拜礼和欢呼为古希腊人所厌恶。
④ 此处删去第925行,此行系伪作,大意是:"我叫你把我当一个人,而不是当一位神来尊敬。"
⑤ 鞋擦是放在门口用来擦去鞋泥的草席。此指花毡不可乱用。
⑥ 指在花毡上行走。

阿伽门农　只要有祭司规定这仪式。①

克吕泰墨斯特拉　普里阿摩斯如果这样打赢了,你猜他会怎么办?

阿伽门农　我猜他一定在花毡上行走。

克吕泰墨斯特拉　那么你就不必害怕人们的谴责。

阿伽门农　可是人民的声音是强有力的。 938

克吕泰墨斯特拉　但是不被人嫉妒,就没人羡慕。

阿伽门农　一个女人别想争斗!

克吕泰墨斯特拉　但是一个幸运的胜利者也应当让一手。

阿伽门农　什么?你是这样重视这场争吵的胜利吗?

克吕泰墨斯特拉　让步吧!你自愿放弃,也就算你胜利。 943

阿伽门农　也罢,如果你一定要这样,就叫人把我的靴子,在脚下伺候我的高底鞋,快快脱了;当我在神的紫色料子上面行走的时候,愿嫉妒的眼光不至于从高处射到我身上!我的强烈的敬畏之心阻止我踩坏我的家珍,糟蹋我的财产——银子换来的织品。 949

〔侍女把阿伽门农的靴子脱了。阿伽门农下车。

这件事说得很够了。至于这个客人,请你好心好意引她进屋;对一个厚道的主人,神总是自天上仁慈地关照。没有人情愿戴上奴隶的轭;她是从许多战利品中选出来的花朵、军队的犒赏,跟着我前来

---

① 意即只要祭司让他这样做,他就做。这四行据弗伦克尔的解释译出。后两行的一般解释是:克吕泰墨斯特拉问阿伽门农是否曾向神许愿,以后做人要谦虚,他回答说这是他最后的决心。

的。现在,既然非听你的话不可,我就踏着紫颜色进宫。 957

〔阿伽门农自花毡上走向王宫。

克吕泰墨斯特拉　海水就在那里,谁能把它汲干?那里面产生许多紫色颜料,价钱不过和银子相当,①而且永远有新鲜的②,可以用来染绒毡。我们家里,啊,国王,谢天谢地,贮藏着许多织品,这王宫从来不知道什么叫缺乏。我愿意许愿,拿很多块绒毡来踩,如果神示吩咐我家这样做,当我想法救回这条性命的时候。因为根儿存在,叶儿就会长到家里,蔓延成荫,把狗星遮住③,你就是这样回到家里的炉火旁边,象征冬季里有了温暖;当宙斯把酸葡萄酿成酒的时候④,屋里就凉快了,只要一家之长进入家门。 972

〔阿伽门农进宫。

啊,宙斯,全能的宙斯,使我的祈祷实现吧,愿你多多注意你所要实现的事。 974

〔克吕泰墨斯特拉进宫,众侍女随入。

---

① 指王家的钱多如海水,买得起这种用海里的骨螺制成的颜料。
② 意即永远供应。或解作"永远鲜艳"。
③ 狗星跟太阳同时出没的时候(自8月24日至9月24日),天气最热;遮住狗星即遮住太阳之意。
④ 意即当夏天的阳光把葡萄催熟的时候。

八 第三合唱歌

歌　队　（第一曲首节）这恐惧为什么在我这预知祸福的心上不住地飘来飘去？我没有被邀请，不要报酬，为什么要歌唱未来的事？为什么不把它赶走，像赶走一个难以解释的梦一样，让那可信赖的勇气坐在我心里的宝座上？时间已经过去很久了，自从水师开往伊利昂的时候，沙子随着船尾缆索的收回而飞扬以来。①

（第一曲次节）我如今亲眼看见他们凯旋，我自己是个见证；但是我的心自己学会了唱报仇神的不需弦琴伴奏的哀歌，一点也感觉不到来自希望的可贵的勇气。我的内心不是在乱说——这颗心啊，它正在那旋到底的②旋涡里面绕着那预知有报应的思想转来转去。但愿这个猜想不正确，不会成为事实！　1000

---

① 古代的希腊船用船尾靠岸，开船时把缆索自岸上拖回。十年前希腊远征军自奥利斯出发，那时先知卡尔卡斯曾作不祥的预言，但时间过了这么久，那预言当早已应验，今后该不会再有不祥的事发生。
② "旋到底的"含有"旋到罪过受到惩罚时为止"之意。

（第二曲首节）太重视健康……；①因为疾病，那和健康隔一道墙的邻居，会压过来。一个人的好运一直向前航行……②会碰上暗礁。那时候，为了挽救货物，战战兢兢，稳重地把一部分扔下海，整个家就不至于因为装得太多而坍塌，③船只也不至于沉没。宙斯的赠品，既丰富而且年年来自犁沟里，解除了饥馑。④　　　　　　　　　　　　　　　　1017

（第二曲次节）但是一个人的生命所必需的紫色的血，一旦提前流到地上，谁能念咒把它收回？否则，宙斯就不会把那个真正懂得起死回生术的人⑤杀死，以免为害⑥。如果我的注定的命运不但不限制我的能力，而且让我从神那里更有所得，那么我的心便会抢在我的舌头前面把我的话讲了出来；现在，情形既然如此，它只好在暗中嘟哝，非常痛苦，而且无望及时解释清楚，当我的情感正在激动的时候。　　1034

~~~~~~~~~~

① 抄本有误，意义不明，直译是"太重视健康，不知足的限制"。原意可能是："太重视健康，反而有莫大的害处。"
② 此处残缺。
③ 以船喻家。"装得太多"指装了太多的幸运。
④ 收获可以解除饥馑，人死后却无法挽救。
⑤ 指阿斯克勒庇俄斯，阿波罗的儿子，从马人刻戎那里学得医术，曾把一个死人救活；宙斯怕他扰乱自然界的秩序，用电火把他烧死了。
⑥ "以免为害"，指破坏自然界的秩序，侵害冥王的权力。

九 第 四 场

〔克吕泰墨斯特拉自宫中上。

克吕泰墨斯特拉　你也进去——我是说你,卡珊德拉,既然宙斯大发慈悲,使你能在我家里同许多奴隶一起站在家神①的祭坛旁边,分得一份净水②。快下车来,别太骄傲了!据说连阿尔克墨涅的儿子③也曾卖身为奴,吃过④奴隶吃的大麦粑。一个人如果被这种命运逼迫,那么落在一个继承祖业的主人手里,是一件很值得感谢的事。有些人一本突然收万利,可是他们对奴隶在各方面都很残忍,而且很严厉……⑤你已经从我这里知道了我们怎样待奴隶。

歌队长　（向卡珊德拉）她是在跟你说话,说得这样明白。你已经陷进命运的罗网,还是服从吧,只要你愿

---

① 指宙斯。
② 主祭人在祭坛上用火把浸到水里再洒到众人身上的水称"净水"。这是奴隶也能享受的待遇。
③ 指赫剌克勒斯,他是宙斯同阿尔克墨涅（密刻奈国王厄勒克律昂之女）所生,曾犯杀人罪,净罪后仍患病,按神吩咐到吕底亚王后昂法勒宫中为奴三年,把报酬交给死者之父后始病愈。
④ "吃过"按改订本译出,抄本有误。
⑤ 此处残缺。

意;也许你不愿意。

克吕泰墨斯特拉　如果她不是像燕子一样只会说难懂的外国话,那么我可以叫她心里明白我的意思,①用我的话劝劝她。

歌队长　你跟她去吧! 在这样的情形下,她的话是最好不过的。快离开座位下车来,对她表示服从!

克吕泰墨斯特拉　我没有工夫在大门外逗留;因为羊牲正站在那中央的神坛前②,等候着燔祭。③你如果愿意照我的话去做,就不要耽误时间;但是,如果你不懂希腊话,不明白我的意思,你就用外方人的手势代替语言答复我。

歌队长　这客人好像需要一个能转述得清清楚楚的通事。她像一只刚捉到的野兽。

克吕泰墨斯特拉　她准是疯了,胡思乱想;她从那刚陷落的都城来到这里,还不懂得怎样忍受这嚼铁的羁束,在她还没有流血,使她的火气随着泡沫一起吐出之前。我不愿意多说话,免得有伤我的尊严。

〔克吕泰墨斯特拉进宫。

歌队长　可是我,因为可怜她,决不生气。(向卡珊德拉)不幸的人啊,快下车来,自愿试试,戴上这强迫的轭!

卡珊德拉　(抒情歌第一曲首节)哎呀,哎呀! 阿波罗呀

---

① 此句(自"我可以"起)抄本有误。
② "羊牲"是双关语,明指牺牲,暗指阿伽门农。"中央"指庭院的中央。
③ 此处删去第1058行,此行系伪作,大意是:"想不到会有这种快乐。"

阿波罗!

歌　队　你为什么当着洛克西阿斯①这样悲叹？他不喜欢遇见一个哭哭啼啼的人。

卡珊德拉　（第一曲次节）哎呀，哎呀！阿波罗呀阿波罗!

歌　队　她又发出这不祥的声音，向神呼吁，这位神却无心援助一个哭哭啼啼的人。

〔卡珊德拉下车，走向宫门。

卡珊德拉　（第二曲首节）阿波罗呀阿波罗，阿癸阿忒斯②，我的毁灭者③啊！你如今又把我毁灭了！

歌　队　她好像要预言自己的灾难；她虽然做了奴隶，心里却还保存着那神赐的灵感④。

卡珊德拉　（第二曲次节）阿波罗呀阿波罗，阿癸阿忒斯，我的毁灭者啊！你把我带到什么地方了？带到什么人家里了？

歌　队　带到阿特柔斯的儿子们的家里了。你要是不知道，我就告诉你，可不要说这话有假。

卡珊德拉　（第三曲首节）这是个不敬神的家——它能证实里面有许多亲属间的杀戮和砍头的凶事，一个杀人的场所，地上洒满了血。

---

① 洛克西阿斯，阿波罗的别名。阿波罗是快乐的神，他不喜欢听人哭泣。
② 阿癸阿忒斯，阿波罗的别名，意即街道的保护者。卡珊德拉走向王宫，看见宫门外代表阿癸阿忒斯的圆锥形石柱，因此这样呼唤。
③ 在希腊文里"毁灭者"一词的发音和阿波罗的名字的发音很近似。
④ 古希腊人相信，一个人受了神的灵感，便会在疯狂的状态中预言未来的事。

歌　　队　这客人像猎狗一样,嗅觉很灵敏,在寻找那将要被她发现的血迹。

卡珊德拉　(第三曲次节)是呀,这是我相信的证据:这里有婴儿们在哀悼他们被杀戮,他们的肉被烤来给他们父亲吃了。

歌　　队　你是个先知,你的声名我们早已听闻,但是我们不寻找神的代言人。

卡珊德拉　(第四曲首节)啊,这是什么阴谋①?什么新的祸患?这家里有人在计划一件莫大的祸事,那是亲友们所不能容忍而又无法挽救的,援助的人②却远在天涯。

歌　　队　这些预言我不能领悟,前面那些我倒明白,因为全城都在传说。

卡珊德拉　(第四曲次节)啊,狠心的女人,你要做这件事吗?要把和你同床的丈夫,在你为他沐浴干净之后——那结局我怎么讲得出来呢?但是事情很快就要发生,这时候她的左右手正在轮流伸出来。

歌　　队　我还是不明白,因为这时候这谜语,由于预言的意义晦涩难解,把我弄糊涂了。

卡珊德拉　(第五曲首节)哎呀呀,这是什么?是哈得斯③的罗网吗?不,这是和他同床的罩网④,这谋杀

---

① 预言克吕泰墨斯特拉将阴谋杀害阿伽门农。
② 指墨涅拉俄斯。
③ 哈得斯,冥王,宙斯之兄。
④ 指阿伽门农脱下当被子的长袍,克吕泰墨斯特拉用它罩住阿伽门农后杀之,故而说"长袍"是"谋杀的帮凶"。

的帮凶。让那不知足的争吵之神向着这家族,为这个会引起石击刑的杀戮①而欢呼吧!

歌　队　你召请报仇神②来向着这个家欢呼,你是什么意思?你的话使我害怕!一滴滴浅黄色的血③回到我心里,那样的血,在一个人倒在矛尖下的时候,也会随着那沉落的生命的余晖一起出现,死得快啊! 1124

卡珊德拉　(第五曲次节)看呀,看呀!别让公牛接近母牛!④那带角的畜生凭了她的恶毒的诡计⑤,把他罩在长袍里,然后打击⑥;他跟着就倒在水盆里。这计策是那参与谋杀的浴盆想出来的,我告诉你。 1129

歌　队　我不能自夸最善于解释预言,但是我猜想有灾难发生。预言何曾给人们带来过好消息?先知作法的时候念念有词,总是发出不祥的预言,使我们知道⑦害怕。 1135

卡珊德拉　(第六曲首节)我这不幸的人的厄运呀!我为我的灾难而悲叹,这灾难也倒在那只杯里了⑧。你⑨为什么把我这不幸的人带到这里来?是为了和他死在一起,不是为了别的,难道不是吗?

~~~~~~~~~~~~~~~~~~~~~~~~~~~~

① 预言杀阿伽门农的凶手日后会被公众以石击刑即用乱石击毙。
② 歌队把争吵之神当作一位报仇神。
③ 一个人在恐惧或将死时脸色会变黄,古代人以为这种人的血是黄色的。
④ 这本是牧牛人的口头语,指别让公牛伤害母牛。这里成了卡珊德拉的警告:别让阿伽门农接近他的妻子。
⑤ 原文作"她凭了那黑角的诡计"。
⑥ "打击"原文既指用武器刺杀,又指用角冲击。
⑦ "知道"一词抄本似有误。
⑧ "这灾难"指阿伽门农的灾难。
⑨ "你"指阿波罗。

歌　　队　　是一位神把你迷住了,使你发疯,为自己唱这支
　　　　　　不成调的歌曲,像那黄褐色的夜莺不住地悲鸣,啊,
　　　　　　它心里忧郁,一声声"呾忒唷斯,呾忒唷斯",悲叹它
　　　　　　儿子的十分不幸的死亡。①　　　　　　　　　　1145

卡珊德拉　（第六曲次节）那歌声嘹亮的夜莺一生多么
　　　　　　好呀!②神把她藏进一个有翼的肉身,使她一生快
　　　　　　乐,没有痛苦。但是等待我的却是那双刃兵器的
　　　　　　砍杀③。

歌　　队　　这使你入迷的、剧烈而无意义的痛苦是怎样发
　　　　　　生的？你为什么用这难懂的声音,这高亢的调子,唱
　　　　　　这支可怕的歌？这不祥的预言的路标是谁给你指定
　　　　　　的？　　　　　　　　　　　　　　　　　　　　1155

卡珊德拉　（第七曲首节）帕里斯的殃及亲人的婚姻啊,
　　　　　　婚姻啊！斯卡曼德洛斯,我祖国的河流啊！从前啊,
　　　　　　我在你河边受到抚养,长大成人;但如今我好像在科
　　　　　　库托斯和阿刻戎④岸上赶快唱我的预言歌。

～～～～～～

① 道利亚国王忒柔斯娶雅典国王潘狄昂之女普洛克涅为妻,生伊提斯（又译作鸟声"呾忒唷斯""忒唷"）。忒柔斯后来把普洛克涅藏在乡下,伪称她已死,要求潘狄昂把她的姐妹菲洛墨勒送去。菲洛墨勒到后,被他奸污,还被他割去舌头。菲洛墨勒把她的故事织了出来,送给普洛克涅看。普洛克涅知道后杀其子伊提斯煮给忒柔斯吃。特柔斯发现后,追捕这两姐妹,快要追上时,天神把普洛克涅化成了一只夜莺,把菲洛墨勒化成了一只燕子,把忒柔斯化成了一只鹰,一说化成了一只戴胜鸟。译文根据丹尼斯顿本的改订译出,弗伦克尔本作"悲叹它的十分不幸的一生"。
② 译文据丹尼斯顿本的改订,弗伦克尔本作"那歌声嘹亮的夜莺死得好呀!"
③ 指斧头。在本剧中阿伽门农和卡珊德拉是被剑刺死的。
④ 科库托斯和阿刻戎是下界的河流。

歌　队　这清清楚楚的是什么话呀！甚至一个婴儿听了也能领悟。你这痛苦的命运像毒刺一样伤了我,当你发出悲声的时候,我听了心都要碎了。 1166

卡珊德拉　(第七曲次节)我的城邦整个儿毁灭了,这灾难啊,这灾难啊！我父亲杀了多少他养着的牛羊在城墙下献祭！那也无济于事,未能使城邦免于浩劫;而我呢,很快就要把我的热血洒在地上。①

歌　队　你这话和刚才的一致,一定是哪一位恶意的神使劲向你扑来,迷住你,使你唱这支充满了死亡的悲惨的灾难之歌。但我还看不出结果。(抒情歌完) 1177

卡珊德拉　此刻我的预言不再像一个刚结婚的新娘那样从面纱后面偷看,而是像一股强烈的风吹向那东升的太阳,因此会有比这个大得多的痛苦,像波浪一样冲向阳光。我不再说谜语了。 1183

　　请你们给我作证,证明我闻着气味,紧紧地追查那古时候造下的罪恶的踪迹。有一个歌队从来没有离开这个家,这歌队声音和谐,但是不好听,因为它唱的是不祥的歌。这个狂欢队是由一些和这个家有血缘的报仇神组成的,队员们喝的是人血,喝了更有胆量,住在家里送不走。她们绕着屋子唱歌,唱的是那开端的罪恶,一个个对那个哥哥②的床榻表示憎恶,对那个玷污了床榻的人怀着敌意。③是我说得

---

① 或解作"我的灵魂在燃烧,我很快就要倒在地上"。
② 指阿特柔斯。
③ 或解作"那床榻对那个践踏了它的人怀着敌意"。这个"人"指提厄斯忒斯。

不对,还是我像一个弓箭手那样射中了鹄的?难道我是个假先知,沿门乞食,胡言乱语?请你发誓,证明你没有听见过,不知道这家宅的罪过的远古历史。

歌队长　一个誓言的保证,尽管有力量,又救得了什么呢?可是我觉得奇怪,你生长在海外,讲这外邦的事这样准确,①好像你到过这里一样。

卡珊德拉　是预言神阿波罗把我安放在这个职位②上的。

歌队长　难道他,一位神,竟爱上了你?

卡珊德拉　我从前不好意思提起这件事。

歌队长　一个人走运的时候,太爱挑三拣四。

卡珊德拉　他扭住我,拼命向我表示恩爱。

歌队长　你们俩是不是按照习惯,做了那会生孩子的事?

卡珊德拉　我答应了洛克西阿斯,却又使他失望。

歌队长　是不是在你学会了预言术之后?

卡珊德拉　我曾把一切灾难预先告诉我的同国人。

歌队长　你是怎样逃避洛克西阿斯的愤怒的?

卡珊德拉　自从我犯了过错,再也没有人相信我。

歌队长　可是,我们看来,你的预言好像很能使人相信。

卡珊德拉　哎哟,多么痛苦啊!要说真实的预言真是苦啊!这可怕的苦恼又使我晕眩,一开始就使我心神迷乱……③。

---

① 抄本有误。或解作"讲的虽是外国话,这件事却讲得这样准确"。
② 指先知职位。
③ 此处残缺。

你们看见那些坐在屋前的,像梦中的形象一样的小东西没有?那些孩子好像是被他们的亲人杀死的,他们手里全是肉,用他们自身的肉做的荤菜;现在看清楚了,他们捧着他们的心肺,还有肠子——惨不忍睹的一大堆,都被他们父亲①吃了。 1222

为了这件事,我告诉你们,有一头胆小的狮子②待在家里,在床上翻来覆去——计划报仇,啊,谋害这归来的主人。③但是这水师的统帅,特洛亚的毁灭者,却不知道那淫荡的狗,在她向那阴险的迷惑之神,满怀高兴地说了那一大套漂亮话之后,会在恶魔的帮助下做出什么事来。她有这么大的胆量,女人杀男人!她是——我叫她作什么可恨的妖怪呢?一条两头蛇④?或是一个住在石洞里的斯库拉⑤,水手们的害虫?一个狂暴的、恶魔似的母亲,一个向着亲人们喷出残忍的杀气的母亲?这个多么大胆的东西刚才是怎样欢呼⑥,像在战争里击溃了敌人一样,同时又假装为了他平安归来而庆幸! 1238

这些事不管你们信不信,反正是这样;怎么不是

---

① 指提厄斯忒斯。
② 指埃癸斯托斯。据说珀洛普斯的后人都被称为狮子。但有人认为"狮子"一词可疑。
③ 此处删去第1226行,此行系伪作,大意是"我的,因为我得戴上奴隶的轭"。
④ 一种想象的蛇。原意是"两端行进的妖怪",它能向前爬行,又能向后爬行。
⑤ 斯库拉,意大利与西西里海峡旁石穴里的妖怪,它有十二只脚、六个颈、六个头,能一下子抓住六个水手把他们吃掉。
⑥ 指克吕泰墨斯特拉在第973、974两行所说的话。

呢?要发生的事一定会发生。一会儿你就会亲眼看见,就会怜悯我,说我是个太可靠的预言者。　　1241
歌队长　我听懂了,是提厄斯忒斯吃他的孩子们的肉;我战栗,我畏惧,当我听见你不用比喻把这件事明白讲出来的时候。但是其余的话,我听了却迷失了路线而乱追乱跑。　　1245
卡珊德拉　我说,你将看见阿伽门农死去。
歌队长　别说不祥的话,啊,不幸的人,闭住你的嘴吧!
卡珊德拉　但是站在旁边听我讲话的并不是拯救之神派安。
歌队长　当然不是,如果这件事一定会发生;①但愿不会发生。
卡珊德拉　你在祈祷,他们却想杀人。
歌队长　那准备做这件坏事的汉子是谁?
卡珊德拉　你真是没有听懂我的预言。
歌队长　没有听懂,因为我不知道这诡计的执行者是谁。
卡珊德拉　我是很精通希腊语的。
歌队长　皮托的祭司也精通希腊语,可是神示依然不好懂。　　1255
卡珊德拉　啊,这火焰多么凶猛的向我袭来!②吕刻俄斯·阿波罗③啊,哎呀!这头两只脚的母狮了

---

① 拯救之神派安,即阿波罗,他不爱听不祥的话,他又是医神,不爱听人谈起死亡,又是清洁之神,不愿见到尸体。倘若阿伽门农被杀,他就不会在这里出现。
② "火焰"指阿波罗给她的灵感,她又要发疯了。
③ 吕刻俄斯·阿波罗,即杀狼神(或光神)阿波罗。卡珊德拉呼唤这个名字,是把埃癸斯托斯比作狼。

当高贵的雄狮不在家的时候,她竟和狼睡在一起——她将要,哎呀,杀害我。她像配药一样,要把她给我的报复也倒在那只杯里;当她磨剑来杀那人的时候,她夸口说,因为我被带来了,她要杀人报仇。1263

那么我为什么还穿着袍子,拿着法杖,颈上还挂着预言者的带子①,给自己添笑柄呢?

〔卡珊德拉把袍子脱下,连同法杖、带子一起扔在地上,用脚践踏。

我要在临死之前,先毁掉你。你们去送死吧!现在你们倒在那里,我的仇就是这样报了。你们拿这个灾难去给别的女子添一朵花,不要给我添。哎呀,是阿波罗亲自剥夺了我这件衣服,预言者穿的袍子;他曾看见我穿着这身衣服,被那些仇视我的亲人狠狠嘲笑——他们无疑笑错了!我像一个游方的化缘人那样被称为乞丐②、可怜虫、饿死鬼,这些我都容忍了。预言神现在把我这预言者索回,使我陷在这死亡的命运里。等待我的不是我父亲的祭坛,而是一张案板,当我死于葬前的杀献的时候,我的热血会把它染红③。但是神不至于让我们白白死去,因为有人会来为我们报仇,他会成为杀母的儿子,为父报仇的人④。这个远离祖国的流亡者会回来为他的

---

① 指束在祭司头上的羊毛带子。
② 古希腊祭司常外出化缘,后因舞弊,被称为乞丐。
③ 预言她将在阿伽门农下葬前被杀来祭后者的鬼魂。
④ 指阿伽门农的儿子俄瑞斯忒斯。据荷马《伊利亚特》,他八年后长大成人,回家报仇。

亲人们结束这灾难,他父亲的仰卧着的尸首会使他回来。那么我何必这样痛哭悲伤?我既看见伊利昂城遭了浩劫,而这个攻陷了那都城的人又由于神的判决落得这样一个下场,因此我一定进去,①面向死亡。②

〔卡珊德拉走向宫门。

我称呼这宫门为死之门。愿我受到致命伤,我的血无痛地流出,我一点不抽搐就闭上眼睛! 1294

歌队长 啊,极可怜而又极聪明的女人,你说了这许多话。如果真正知道自己的厄运,为什么又像一头被神带领着的牛那样无畏地走向祭坛?

卡珊德拉 逃不掉呀,客人们,再拖延时间也逃不掉呀!③

歌队长 但是最后的时间是最宝贵的呀!

卡珊德拉 日子到了,逃也枉然。

歌队长 你有的是大无畏的精神,能够忍耐。

卡珊德拉 那些幸福的人绝不会听见你这样恭维他们。

歌队长 但是一个人临死的时候受人称赞,是一种安慰。

卡珊德拉 啊,父亲,可怜你和你那些高贵的男儿!④ 1303

〔卡珊德拉走到门口又退回。

歌队长 什么事?什么恐惧使你退回?

卡珊德拉 呸,呸!

---

① 此处抄本尚有"将作"一词,抄错了,无法订正。
② 此处删去第1290行,系伪作,大意是"众神发了一个很大的誓"。
③ 下半句抄本有误。
④ 指她的父亲和弟兄们死得很悲惨,没有得到什么安慰。

歌队长　吓什么？除非你心里有所憎恶。

卡珊德拉　这家里有一股杀气,血在滴答。

歌队长　不是杀气,是神坛上的牺牲的气味。

卡珊德拉　像是坟墓里透出来的臭气。

歌队长　不是指使这个家有光彩的叙利亚香烟①吧。　　1312

卡珊德拉　我要进去,在宫里悲叹我自己和阿伽门农的命运。这一生已经够受。

〔卡珊德拉第二次走到门口又退回。

啊,客人们,我不是像那不敢飞进丛林的鸟儿,②由于恐惧而哀号,而是要你们在我死后,在一个女人为了我这女人而偿命,一个男人为了这结了孽姻缘的男人而被杀的时候,给我作证,证明我受过迫害。我要死了,向你们讨这份人情。　　1320

歌队长　啊,不幸的人,我为你这预知的死亡而怜悯你。

卡珊德拉　我还想说一句话,或者唱一支哀悼自己的歌。我向着这最后的阳光,对赫利俄奥斯祈祷:愿我的仇人同时为我这奴隶,这容易被杀的人的死,向我的报仇者偿还血债。③　　1326

凡人的命运啊！在顺利的时候,一点阴影就会引起变化;一旦时运不佳,只需用润湿的海绵一抹,就可以把图画抹掉。比起来还是后者更可怜。　　1330

〔卡珊德拉进宫。

---

① "香烟"指叙利亚出产的甘松香焚烧时所发出的香烟。
② "不敢飞进"是补充的。原诗大概是一句谚语,没有动词。
③ 此处(自"愿我的仇人"起)抄本有误,无法校订。

一〇 抒 情 歌①

歌　队　对于幸运人人都不知足,没有人向它说"别再进去!"挡住它进入大家都羡慕的家宅。众神让我们的国王攻陷了普里阿摩斯的都城,他并且蒙上天照看,回到家来;但是,如果他现在应当偿还他对那些先前被杀的人②所欠的血债,把自己的生命给与那些死者,作为……死的代价,③那么听了这个故事,哪一个凡人能够夸口说,他生来是和厄运绝缘的呢?

1342

---

① 因为情节很紧张,故此处用一支很短的抒情歌代替正式的合唱歌。
② "被杀的人"指提厄斯忒斯的两个儿子,兼指伊菲革涅亚和特洛亚战争中死去的人。
③ 这两行(自"把自己的生命"起)抄本有误。原文作"作为别人的死的代价",所谓"别人"不知指谁。

一一　第　五　场

阿伽门农　（自内）哎哟,我挨了一剑,深深地受了致命伤！

歌队长　嘘！谁在嚷挨了一剑,受了致命伤？

阿伽门农　哎哟,又是一剑,我挨了两剑了！

歌队长　听了国王叫痛的声音,我猜想已经杀了人啦！我们商量一下,看有没有什么妥当办法。

队员子　我把我的建议告诉你们：快传令召集市民到王宫来救命。

队员丑　我认为最好赶快冲进去,趁那把剑才抽出来,证实他们的罪行。

队员寅　这个意见正合我的意思,我赞成采取行动；时机不可耽误。

队员卯　很明显,他们这样开始行动,表示他们要在城邦里建立专制制度①。

队员辰　是呀,因为我们在耽误时机,他们却在践踏谨慎之神的光荣的名字,不让他们自己的手闲下来。

---

① "专制制度"暗指僭主制度。公元前六世纪,雅典出现僭主制度,第一个僭主是庇士特拉妥,他借平民的力量夺得政权。他死后,他两个儿子,希帕卡斯和希庇亚斯当权,他们十分残暴,用高压手段对付平民。

队员巳 我不知道有什么办法可以提出,主意要由行动者决定。

队员午 我也是这样想,因为说几句话,不能起死回生。

队员未 难道我们可以苟延残喘,屈服于那些玷污了这个家的人的统治下? 1363

队员申 这可受不了,还不如死了,那样的命运比受暴君的统治温和得多。

队员酉 什么?难道有了叫痛的声音为证,就可以断定国王已经死了吗?

队员戌 在我们讨论之前,得先把事实弄清楚,因为猜想和确知是两回事。

歌队长 经过多方面考虑,我赞成这个意见:先弄清楚阿特柔斯的儿子到底怎样了。 1371

〔后景壁转开,壁后有一个活动台,阿伽门农的尸体躺在台上的澡盆里,上面盖着一件袍子;卡珊德拉的尸体躺在那旁边,克吕泰墨斯特拉站在台上。

克吕泰墨斯特拉 刚才我说了许多话来适应场合,现在说相反的话也不会使我感觉羞耻;否则一个向伪装朋友的仇敌报复的人,怎能把死亡的罗网挂得高高的,不让他们越网而逃?这场决战经过我长期考虑,终于进行了,这是旧日的争吵的结果。① 我还是站在我杀人的地点上,我的目的已经达到了。我是这样做的——我不否认——使他无法逃避他的命运:我拿一张没有漏洞的撒网,像网鱼一样把他罩住,这

---

① 抄本有误,最后一句意义不明。

原是一件致命的宝贵的长袍。我刺了他两剑,他哼了两声,手脚就软了。我趁他倒下的时候,又找补第三剑,作为献给地下的宙斯①,死者的保护神的还愿礼物。这么着,他就躺在那里,断了气;他喷出一股汹涌的血,②一阵血雨的黑点便落到我身上,我的畅快不亚于麦苗承受天降的甘雨,正当出穗的时节。 1392

情形既然如此,阿耳戈斯的长老们,你们欢乐吧,只要你们愿意;我却是得意洋洋。如果我可以给死者致奠,我这样地奠酒是很正当的,十分正当呢,因为这家伙曾在家里把许多可诅咒的灾难倒在调缸③里,他现在回来了,自己喝干了事。 1398

歌队长　你的舌头使我们吃惊,你说起话来真有胆量,竟当着你丈夫的尸首这样夸口!

克吕泰墨斯特拉　你们把我当一个愚蠢的女人,向我挑战,可是我鼓起勇气告诉你们,虽然你们已经知道了——不管你们愿意称赞我还是责备我,反正是一样——这就是阿伽门农,我的丈夫,我这只右手,这公正的技师,使他成了一具尸首。事实就是如此。 1406

歌　　队　（哀歌序曲首节）啊,女人,你尝了地上长的什么毒草,或是喝了那流动的海水上面浮出的什么毒物,以致发疯,④惹起公共的诅咒?你把他抛弃了,砍掉了,你自己也将被放逐,为市民所痛恨。(本

---

① "地下的宙斯"指冥王哈得斯。
② "一股"据弗伦克尔的改订译出,抄本作"创伤",甚费解。
③ 调缸,调和酒和水的器皿。
④ 抄本有误。或解作"使你杀人祭献"。

节完）

克吕泰墨斯特拉　你现在判处我被放逐出国,叫我遭受市民的憎恨和公共的诅咒;可是当初你全然不反对这家伙,那时候他满不在乎,像杀死一大群多毛的羊中一头牲畜一样,把他自己的孩子,我在阵痛中生的最可爱的女儿,杀来祭献,使特剌刻吹来的暴风平静下来。难道你不应当把他放逐出境,惩罚他这罪恶?你现在审判我的行为,倒是个严厉的陪审员!可是我告诉你,你这样恐吓我的时候,要知道我也是同样准备好了的,只有用武力制服我的人才能管辖我;但是,如果神促成相反的结果,那么你将受到一个教训,虽然晚了一点,也该小心谨慎。

歌　　队　（次节）你野心勃勃,言语傲慢,你的心由于杀人流血而疯狂了,看你的眼睛清清楚楚充满了血。①你一定被朋友们所抛弃,打了人要挨打,受到报复。

（序曲完）

克吕泰墨斯特拉　这个,我的誓言的神圣的力量,你也听听,我凭那位曾为我的孩子主持正义的神,凭阿忒和报仇神——我曾把这家伙杀来祭她们——起誓,我的向往不至于误入恐惧之门,只要我灶上的火是由埃癸斯托斯点燃的②——他刈我一向忠实,有了他,就有了使我们壮胆的大盾牌。

　　这里躺着的是个侮辱妻子的人,特洛亚城下那

---

① 一般解作"你脸上清清楚楚有血点"。
② 古希腊的家长主持祭祀,点燃灶火。克吕泰墨斯特拉把埃癸斯托斯当作合法的家长。

个克律塞伊斯①的情人;这里躺着的是她,一个女俘房,女先知,那家伙的能说预言的小老婆,忠实的同床人,船凳上的同坐者。他们俩已经得到应得的报酬:他是那样死的,而她呢,这家伙的情妇,像一只天鹅,已经唱完了她最后的临死的哀歌②,躺在这里,给我的……好菜添上作料。③ 1447

歌　队　（哀歌第一曲首节）啊,愿命运不叫我们忍受极大的痛苦,不叫我们躺在病榻上,快快给我们带来永久的睡眠,既然我们最仁慈的保护人已经被杀了,他为了一个女人④的缘故吃了许多苦头,又在一个女人手里丧了性命。（本节完） 1454

　　（叠唱曲）啊,疯狂的海伦,你一个人在特洛亚城下害死了许多条,许多条人命,你如今戴上最后一朵我们永远不能忘记的花,这洗不掉的血。真的,这家里曾住过一位强悍的厄里斯,害人的东西⑤。 1461

克吕泰墨斯特拉　你不必为这事而烦恼,请求早死;也不必对海伦生气,说她是凶手,说她一个人害死了许多达那俄斯人,引起了莫大的悲痛。 1467

---

① 克律塞伊斯,意即"克律塞斯的女儿"。克律塞斯是克律塞城的阿波罗庙上的祭司,他的女儿曾被希腊人俘获,成为阿伽门农的侍妾。此指卡珊德拉。
② 据说天鹅自知将死,其鸣也哀。
③ "我的"后面有"床榻"一词,是抄错了的,因为克吕泰墨斯特拉决不会提起她和埃癸斯托斯的不正当的关系。此处所说的是报仇之乐,阿伽门农的死是一盘"好菜",卡珊德拉的死则只是"作料"。
④ 指海伦。
⑤ 厄里斯本是争吵女神,此处借用来指海伦。"人"指海伦的丈夫墨涅拉俄斯,兼指阿伽门农。

歌　队　（第一曲次节）啊,恶魔,你降到这家里,降到坦塔洛斯两个儿孙①身上,你利用两个女人来发挥你的强大的威力,②真叫我伤心！他像一只可恨的乌鸦站在那尸首上自鸣得意,唱一支不成调的歌曲……。③（本节完）

　　　　（叠唱曲）啊,疯狂的海伦,你一个人在特洛亚城下害死了许多条,许多条人命,你如今戴上最后一朵我们永远不能忘记的花,这洗不掉的血。真的,这家里曾住过一位强悍的厄里斯,害人的东西。④

克吕泰墨斯特拉　你现在修正了你嘴里说出的意见,请来了这家族的曾大嚼三餐的恶魔,由于他在作怪,人们肚子里便产生了舔血的欲望；在旧的创伤还没有封口之前,新的血又流出来了。

歌　队　（第二曲首节）你所赞美的是毁灭家庭的大恶魔,他非常愤怒,对于厄运总是不知足——唉,唉,这恶意的赞美！哎呀,这都是宙斯,万事的推动者,万事的促成者的旨意；因为如果没有宙斯,这人间哪一件事能够发生？哪一件事不是神促成的？（本节完）

　　　　（叠唱曲）国王啊国王,我应当怎样哭你？应当从我友好的心里向你说什么？你躺在这蜘蛛网里,这样遭凶杀而死,哎呀,这样耻辱地躺在这里,被人

---

① "儿孙"指阿伽门农和墨涅拉俄斯,坦塔洛斯是他们的曾祖父。
② "强大的"原文作"同样精神的",甚费解。原意可能是如心一样勇敢,一样有力量。
③ "他"指恶魔。乌鸦是吃死尸的鸟。行尾残缺两个缀音。
④ 依照洛布古典丛书版本在此处加进这叠唱词。

阴谋杀害,死于那手中的双刃兵器下。① 1496

克吕泰墨斯特拉　你真相信这件事是我做的吗?不,不要以为我是阿伽门农的妻子。是那个古老的凶恶的报冤鬼②,为了向阿特柔斯那残忍的宴客者报仇,假装这死人的妻子,把他这个大人杀来祭献,叫他赔偿孩子们的性命。 1504

歌　　队　(第二曲次节)你对这杀人的事可告无罪——但是谁给你作证呢?这怎么,怎么可能呢?也许是他父亲③的罪恶引出来的报冤鬼帮了你一手。那凶恶的阿瑞斯在亲属的血的激流中横冲直撞,他冲到哪里,哪里就凝结成吞没儿孙的血块。(本节完) 1512

　　　　(叠唱曲)国王啊国王,我应当怎样哭你?应当从我友好的心里向你说什么?你躺在这蜘蛛网里,这样遭凶杀而死,哎呀,这样耻辱地躺在这里,被人阴谋杀害,死于那手中的双刃兵器下。 1520

克吕泰墨斯特拉　我既不认为他是含辱而死,……④因为他不是偷偷地毁了他的家,而是公开地杀死了⑤我怀孕给他生的孩子,我所哀悼的伊菲革涅亚。他自作自受,罪有应得,所以他不得在冥府里夸口;因为他死于剑下,偿还了他所欠的血债。 1529

---

① 弗伦克尔依照恩格尔的校订补充"妻子的"一词,作为"手"字的形容词。
② "报冤鬼"指提厄斯忒斯。
③ 指阿伽门农的父亲阿特柔斯。
④ 此处残缺,"既不"之后,应有"也不"。
⑤ 此句缺动词,"公开地杀死了"是弗伦克尔补订的。

歌　　队　（第三曲首节）我已经失去了那巧妙的思考方法,不知往哪方面想,当这房屋坍塌的时候。我怕听那血的雨水哗啦地响,那会把这个家冲毁,现在小雨初停①。命运之神为了另一件杀人的事,正在另一块砥石上把正义磨快。（本节完）　　　　1536

　　（叠唱曲）大地啊大地,愿你及早把我收容,趁我还没有看见他躺在这银壁的浴盆里! 谁来埋葬他? 谁来唱哀歌? 你敢做这件事吗?——你敢哀悼你亲手杀死的丈夫,为了报答他立下的大功,敢向他的阴魂假仁假义地献上这不值得感谢的恩惠吗? 谁来到这英雄的坟前,流着泪唱颂歌,诚心诚意好生唱?　　　　1550

克吕泰墨斯特拉　这件事不必你操心;我亲手把他打倒,把他杀死,也将亲手把他埋葬——不必家里的人来哀悼,只需由他女儿伊菲革涅亚,那是她的本分,在哀河的激流旁边高高兴兴欢迎她父亲,双手抱住他,和他接吻。　　　　1559

歌　　队　（第三曲次节）谴责遭遇谴责,这件事不容易判断。抢人者被抢,杀人者偿命。只要宙斯依然坐在他的宝座上,作恶的人必有恶报,这是不变的法则。谁能把诅咒的种子从这家里抛掉? 这家族已和毁灭紧紧地粘在一起。（本节完）　　　　1566

　　（叠唱曲）大地啊大地,愿你及早把我收容,趁

---

① 暴风雨的第一阵是小雨,小雨停后,倾盆大雨随即下降。此指伊菲革涅亚和阿伽门农的死只不过是"小雨"而已,今后不知还要流多少血。

我还没有看见他躺在这银壁的浴盆里!谁来埋葬他?谁来唱哀歌?你敢做这件事吗?——你敢哀悼你亲手杀死的丈夫,为了报答他立下的大功,敢向他的阴魂假仁假义地献上这不值得感谢的恩惠吗?谁来到这英雄的坟前,流着泪唱颂歌,诚心诚意好生唱?①

1570

克吕泰墨斯特拉　你这个预言接近了真理;但是我愿意同普勒斯忒涅斯的儿子们②家里的恶魔缔结盟约:这一切我都自认晦气,虽是难以忍受;今后他得离开这屋子,用亲属间的杀戮去折磨别的家族。我剩下一小部分钱财也就很够了,只要能使这个家摆脱这互相杀戮的疯病。③

1576

---

① 据洛布古典丛书版本在此处加进这叠唱词。
② 指阿伽门农和墨涅拉俄斯。本剧此前一直称他俩为"阿特柔斯的儿子们",到这里却又据另一种传说,称他俩是阿特柔斯的儿子普勒斯忒涅斯的儿子们。
③ 指她想收买报仇人。

一二 退　　场①

〔埃癸斯托斯自观众右方上。

埃癸斯托斯　报仇之日的和蔼阳光啊！现在我要说，那些为凡人报仇的神在天上监视着地上的罪恶；我看见这家伙躺在报仇神们织的袍子里，真叫我痛快，他已赔偿了他父亲制造的阴谋罪恶。 1582

　　从前，阿特柔斯，这家伙的父亲，做这地方的国王，提厄斯忒斯，我的父亲——说清楚一点——也就是他的亲弟兄，质问他有没有为王的权利，他就把他赶出家门，赶出国境。那不幸的提厄斯忒斯后来回家，在炉灶前做一个恳求者，获得了安全的命运，不至于被处死，用自己的血玷污先人的土地；但是阿特柔斯，这家伙的不敬神的父亲，热心有余而友爱不足，假意高高兴兴庆祝节日，用我父亲的孩子们的肉设宴表示欢迎。他把脚掌和手掌砍下来切烂，放在上面……；②提厄斯忒斯独坐一桌，③他不知不觉，

---

① 第五场与退场之间没有合唱歌。
② 此处残缺。"放在"是补克的。
③ 此句主语残缺。"提厄斯忒斯"是补订的。

立即拿起那难以辨别的肉来吃了①——这盘菜,像你所看见的,对这家族的害处多么大。他跟着就发现他做了一件伤天害理的事,大叫一声,仰面倒下,把肉呕了出来,同时踢翻了餐桌来给他的诅咒助威,他咒道:"普勒斯忒涅斯的整个家族就这样毁灭!" 1602

因此你看见这家伙倒在这里,而我正是这杀戮的计划者——我有理呢,因为他把我和我的不幸的父亲一同放逐,我是第十三个孩子②,那时候还是襁褓中的婴儿;但是等我长大成人,正义之神又把我送回。这家伙是我捉住的——虽然我不在场,因为这整个致命的计划是由我安排的。情形就是如此,我现在死了也甘心,既然看见了这家伙躺在正义的罗网里。 1611

歌队长　埃癸斯托斯,我不尊敬幸灾乐祸的人。你不是承认你有意把这人杀掉,这悲惨的死又是你一手策划的吗?那么,我告诉你,到了依法处分的时候,你要相信,你这脑袋躲不过人民扔出的石头、发出的诅咒。 1616

埃癸斯托斯　你是坐在下面的桨手,我是凳上的驾驶员③,你可以这样胡说吗?尽管你上了年纪,你也得知道,老来受教训多么难堪,当我教你小心谨慎的时候。监禁加饥饿的痛苦,甚至是教训老头子,

---

① 古希腊人进餐用手抓。
② 此处删去第 1600 行,系伪作,大意是:"他诅咒珀洛普斯的儿孙遭遇难以忍受的命运。"
③ "凳"指舵手凳,在甲板上,甲板在船尾,比桨手的座位高一至三层。

医治思想病最好的先知兼医生。难道你有眼睛看不出来吗？你别踢刺棍，免得碰在那上面，蹄子受伤。

歌队长　你这女人①，你竟自这样对付这些刚从战争里回来的人，你待在家里，既玷污了这人的床榻，又计划把他，军队的统帅，杀死了！

埃癸斯托斯　你这些话是痛哭流涕的先声。②你的喉咙和俄耳甫斯③的大不相同：他用歌声引导万物，使它们快乐，你却用愚蠢的吠声惹得人生气，反而被人押走。一旦受到管束，你就会驯服。

歌队长　你好像要统治阿耳戈斯人！你计划杀他，却又不敢行事，亲手动刀。

埃癸斯托斯　只因为引诱他上圈套，分明是妇人的事；我是他旧日的仇人，会使他生疑。总之，我打算用这家伙的资财来统治人民；谁不服从，我就给他驾上很重的轭——他不可能是一匹吃大麦的骓马，不，那与黑暗同住的可恨的饥饿④将使他驯服。

歌队长　你为什么不鼓起你怯懦的勇气把这人杀了，而让这妇人来杀，以致玷污了这土地和这地方的神？啊，俄瑞斯忒斯是不是还看得见阳光，能趁顺利的机会回来杀死这一对人，获得胜利？⑤

---

① 指埃癸斯托斯。
② 意即将受惩罚而痛哭流涕。
③ 俄耳甫斯，俄阿格洛斯和卡利俄珀的儿子。野兽和木石听了他的歌声都跟着他走。
④ 指监牢里的黑暗与饥饿。
⑤ 此句（自"啊"字起）是对神说的，很像一句祈祷。

埃癸斯托斯　你①想这样干,这样说,我马上叫你知道厉害!

喂,朋友们,这里有事干呀! 1650

〔众卫兵自观众左右两方急上。

歌队长　喂,大家按剑准备!

埃癸斯托斯　我也按剑,不惜一死。

歌队长　你说你死,我们接受这预兆,欢迎这件一定会发生的事。②

克吕泰墨斯特拉　不,最亲爱的人,我们不可再惹祸事;这些已经够多,够收获了——这不幸的收成!我们的灾难已经够受,不要再流血了!可尊敬的长老们,你们……家去吧,③在你们还没有由于你们的行动而受到痛苦之前!我们的遭遇如此,只好自认晦气。如果这是最后的苦难,我们倒愿意接受,尽管我们已被恶魔的强有力的蹄子踢得够惨了。这是女人的劝告,但愿有人肯听。 1661

埃癸斯托斯　但是这些家伙却向我信口开河,吐出这样的话,拿性命来冒险!(向歌队长)你神志不清醒,

---

① 自此处至剧尾改用长短节奏,每行长至十四缀音,表示紧张急促的情调。
② 丹尼斯顿本注云,希腊悲剧中的老人不佩剑,所以第 1650 行应作为歌队长的话;第 1651 行应作为埃癸斯托斯的话,是对他亲自带来的卫兵们说的;第 1652 行应作为歌队长的话,句中的"按剑"是"按杖"之意;第 1653 行应作为埃癸斯托斯的话。
③ 原文作:"你们回你们命中注定的家去吧。""命中注定的"一词无疑是抄错了的,甚费解。

竟骂起主子来了!①
歌队长　向恶棍摇尾乞怜,不合阿耳戈斯人的天性。
埃癸斯托斯　但是总有一天我要惩治你。
歌队长　只要神把俄瑞斯忒斯引来,你就惩治不成。
埃癸斯托斯　我知道流亡者靠希望过日子。
歌队长　你有本事,尽管干下去,尽管放肆,把正义污辱。
埃癸斯托斯　你要相信,为了这愚蠢的话,到时候你得付一笔代价。
歌队长　你尽管夸口,趾高气扬,像母鸡身旁的公鸡一样!
克吕泰墨斯特拉　（向埃癸斯托斯）别理会这些没意义的吠声;我和你是一家之主,一切我们好好安排。② 1673

〔活动台转回去,后景壁还原;
〔克吕泰墨斯特拉、埃癸斯托斯进宫,众卫兵随入;
〔歌队自观众右方退场。

---

① 此行(自"你神志"起)抄本有误,行尾又残缺不全,"竟骂起"是弗伦克尔补订的。
② 此行残缺不全,"一切"是补订的。

"外国文学名著丛书"书目

第 一 辑

书 名	作 者	译 者
伊索寓言	〔古希腊〕伊索	周作人
源氏物语	〔日〕紫式部	丰子恺
堂吉诃德	〔西班牙〕塞万提斯	杨 绛
泰戈尔诗选	〔印度〕泰戈尔	冰 心 石 真
坎特伯雷故事	〔英〕杰弗雷·乔叟	方 重
失乐园	〔英〕约翰·弥尔顿	朱维之
格列佛游记	〔英〕斯威夫特	张 健
傲慢与偏见	〔英〕简·奥斯丁	王科一
雪莱抒情诗选	〔英〕雪莱	查良铮
瓦尔登湖	〔美〕亨利·戴维·梭罗	徐 迟
欧·亨利短篇小说选	〔美〕欧·亨利	王永年
特利斯当与伊瑟	〔法〕贝迪耶	罗新璋
巨人传	〔法〕拉伯雷	鲍文蔚
忏悔录	〔法〕卢梭	范希衡 等
欧也妮·葛朗台 高老头	〔法〕巴尔扎克	傅 雷
雨果诗选	〔法〕雨果	程曾厚
巴黎圣母院	〔法〕雨果	陈敬容
包法利夫人	〔法〕福楼拜	李健吾
叶甫盖尼·奥涅金	〔俄〕普希金	智 量
死魂灵	〔俄〕果戈理	满 涛 许庆道

书　名	作　者	译　者
当代英雄	〔俄〕莱蒙托夫	草　婴
猎人笔记	〔俄〕屠格涅夫	丰子恺
白痴	〔俄〕陀思妥耶夫斯基	南　江
列夫·托尔斯泰中短篇小说选	〔俄〕列夫·托尔斯泰	草　婴
怎么办？	〔俄〕车尔尼雪夫斯基	蒋　路
高尔基短篇小说选	〔苏联〕高尔基	巴　金　等
浮士德	〔德〕歌德	绿　原
易卜生戏剧四种	〔挪〕易卜生	潘家洵
鲵鱼之乱	〔捷〕卡·恰佩克	贝　京
金人	〔匈〕约卡伊·莫尔	柯　青

第　二　辑

荷马史诗·伊利亚特	〔古希腊〕荷马	罗念生　王焕生
荷马史诗·奥德赛	〔古希腊〕荷马	王焕生
十日谈	〔意大利〕薄伽丘	王永年
莎士比亚悲剧五种	〔英〕威廉·莎士比亚	朱生豪
多情客游记	〔英〕劳伦斯·斯特恩	石永礼
唐璜	〔英〕拜伦	查良铮
大卫·科波菲尔	〔英〕查尔斯·狄更斯	庄绎传
简·爱	〔英〕夏洛蒂·勃朗特	吴钧燮
呼啸山庄	〔英〕爱米丽·勃朗特	张　玲　张　扬
德伯家的苔丝	〔英〕托马斯·哈代	张谷若
海浪　达洛维太太	〔英〕弗吉尼亚·吴尔夫	吴钧燮　谷启楠
哈克贝利·费恩历险记	〔美〕马克·吐温	张友松
一位女士的画像	〔美〕亨利·詹姆斯	项星耀
喧哗与骚动	〔美〕威廉·福克纳	李文俊
永别了武器	〔美〕欧内斯特·海明威	于晓红

书 名	作 者	译 者
波斯人信札	〔法〕孟德斯鸠	罗大冈
伏尔泰小说选	〔法〕伏尔泰	傅 雷
红与黑	〔法〕司汤达	张冠尧
幻灭	〔法〕巴尔扎克	傅 雷
莫泊桑中短篇小说选	〔法〕莫泊桑	张英伦
文字生涯	〔法〕让-保尔·萨特	沈志明
局外人 鼠疫	〔法〕加缪	徐和瑾
契诃夫小说选	〔俄〕契诃夫	汝 龙
布宁中短篇小说选	〔俄〕布宁	陈 馥
一个人的遭遇	〔苏联〕肖洛霍夫	草 婴
少年维特的烦恼	〔德〕歌德	杨武能
德国,一个冬天的童话	〔德〕海涅	冯 至
绿衣亨利	〔瑞士〕戈特弗里德·凯勒	田德望
斯特林堡小说戏剧选	〔瑞典〕斯特林堡	李之义
城堡	〔奥地利〕卡夫卡	高年生

第 三 辑

埃斯库罗斯悲剧二种	〔古希腊〕埃斯库罗斯	罗念生
索福克勒斯悲剧二种	〔古希腊〕索福克勒斯	罗念生
欧里庇得斯悲剧二种	〔古希腊〕欧里庇得斯	罗念生
神曲	〔意大利〕但丁	田德望
西班牙流浪汉小说选	〔西班牙〕克维多 等	杨 绛 等
阿拉伯古代诗选	〔阿拉伯〕乌姆鲁勒·盖斯 等	仲跻昆
列王纪选	〔波斯〕菲尔多西	张鸿年
蕾莉与马杰农	〔波斯〕内扎米	卢 永
莎士比亚喜剧五种	〔英〕威廉·莎士比亚	方 平
鲁滨孙飘流记	〔英〕笛福	徐霞村

书　名	作　者	译　者
彭斯诗选	〔英〕彭斯	王佐良
艾凡赫	〔英〕沃尔特·司各特	项星耀
名利场	〔英〕萨克雷	杨　必
人性的枷锁	〔英〕威廉·萨默塞特·毛姆	叶　尊
儿子与情人	〔英〕D. H. 劳伦斯	陈良廷　刘文澜
杰克·伦敦小说选	〔美〕杰克·伦敦	万　紫　等
了不起的盖茨比	〔美〕菲茨杰拉德	姚乃强
木工小史	〔法〕乔治·桑	齐　香
恶之花　巴黎的忧郁	〔法〕波德莱尔	钱春绮
萌芽	〔法〕左拉	黎　柯
前夜　父与子	〔俄〕屠格涅夫	丽　尼　巴　金
卡拉马佐夫兄弟	〔俄〕陀思妥耶夫斯基	耿济之
安娜·卡列宁娜	〔俄〕列夫·托尔斯泰	周　扬　谢素台
茨维塔耶娃诗选	〔俄〕茨维塔耶娃	刘文飞
德国诗选	〔德〕歌德　等	钱春绮
安徒生童话选	〔丹麦〕安徒生	叶君健
外祖母	〔捷〕鲍·聂姆佐娃	吴　琦
好兵帅克历险记	〔捷〕雅·哈谢克	星　灿
我是猫	〔日〕夏目漱石	阎小妹
罗生门	〔日〕芥川龙之介	文洁若

第　四　辑

一千零一夜		纳　训
培根随笔集	〔英〕培根	曹明伦
拜伦诗选	〔英〕拜伦	查良铮
黑暗的心　吉姆爷	〔英〕约瑟夫·康拉德	黄雨石　熊　蕾
福尔赛世家	〔英〕高尔斯华绥	周煦良

书　名	作　者	译　者
月亮与六便士	〔英〕威廉·萨默塞特·毛姆	谷启楠
萧伯纳戏剧三种	〔爱尔兰〕萧伯纳	潘家洵 等
红字　七个尖角顶的宅第	〔美〕纳撒尼尔·霍桑	胡允桓
汤姆叔叔的小屋	〔美〕斯陀夫人	王家湘
白鲸	〔美〕赫尔曼·梅尔维尔	成　时
马克·吐温中短篇小说选	〔美〕马克·吐温	叶冬心
老人与海	〔美〕欧内斯特·海明威	陈良廷 等
愤怒的葡萄	〔美〕斯坦贝克	胡仲持
蒙田随笔集	〔法〕蒙田	梁宗岱　黄建华
悲惨世界	〔法〕雨果	李　丹　方　于
九三年	〔法〕雨果	郑永慧
梅里美中短篇小说选	〔法〕梅里美	张冠尧
情感教育	〔法〕福楼拜	王文融
茶花女	〔法〕小仲马	王振孙
都德小说选	〔法〕都德	刘　方　陆秉慧
一生	〔法〕莫泊桑	盛澄华
普希金诗选	〔俄〕普希金	高　莽 等
莱蒙托夫诗选	〔俄〕莱蒙托夫	余　振　顾蕴璞
罗亭　贵族之家	〔俄〕屠格涅夫	陆　蠡　丽　尼
日瓦戈医生	〔苏联〕帕斯捷尔纳克	张秉衡
大师和玛格丽特	〔苏联〕布尔加科夫	钱　诚
茨威格中短篇小说选	〔奥地利〕斯·茨威格	张玉书 等
玩偶	〔波兰〕普鲁斯	张振辉
万叶集精选	〔日〕大伴家持	钱稻孙
人间失格	〔日〕太宰治	魏大海

第 五 辑

书 名	作 者	译 者
泪与笑　先知	〔黎巴嫩〕纪伯伦	冰　心　等
华兹华斯 柯尔律治 诗选	〔英〕华兹华斯 柯尔律治	杨德豫
济慈诗选	〔英〕约翰·济慈	屠　岸
汤姆·索亚历险记	〔美〕马克·吐温	张友松
大街	〔美〕辛克莱·路易斯	潘庆舲
田园三部曲	〔法〕乔治·桑	罗　旭　等
金钱	〔法〕左拉	金满成
果戈理小说戏剧选	〔俄〕果戈理	满　涛
奥勃洛莫夫	〔俄〕冈察洛夫	陈　馥
谁在俄罗斯能过好日子	〔俄〕涅克拉索夫	飞　白
亚·奥斯特洛夫斯基戏剧六种	〔俄〕亚·奥斯特洛夫斯基	姜椿芳　等
复活	〔俄〕列夫·托尔斯泰	草　婴
静静的顿河	〔苏联〕肖洛霍夫	金　人
谢甫琴科诗选	〔乌克兰〕谢甫琴科	戈宝权　任溶溶
维廉·麦斯特的学习时代	〔德〕歌德	冯　至　姚可崑
叔本华随笔集	〔德〕叔本华	绿　原
艾菲·布里斯特	〔德〕台奥多尔·冯塔纳	韩世钟
豪普特曼戏剧三种	〔德〕豪普特曼	章鹏高　等
铁皮鼓	〔德〕君特·格拉斯	胡其鼎
加西亚·洛尔卡诗选	〔西班牙〕加西亚·洛尔卡	赵振江
你往何处去	〔波兰〕亨利克·显克维奇	张振辉
显克维奇中短篇小说选	〔波兰〕亨利克·显克维奇	林洪亮
裴多菲诗选	〔匈〕裴多菲	孙　用
轭下	〔保〕伐佐夫	施蛰存

书　名	作　者	译　者
卡勒瓦拉（上下）	〔芬兰〕埃利亚斯·隆洛德	孙　用
破戒	〔日〕岛崎藤村	陈德文
戈拉	〔印度〕泰戈尔	刘寿康